Contents

僕がSSSランクの冒険者なのは養成学校では秘密です
3

第1話　はじまり

遺跡探索の授業が午前中に終わり、午後から部活動の時間が始まろうとしていた。

そんな中、僕は部活動へは向かわず、養成学校にある図書館にやってきていた。

広々とした館内を歩きながら本棚を眺めていると、空調の涼しい風が肩を撫でる。

「やっぱり図書館は涼しくていいな」

ここで借りられる本は種類が豊富で、まだ発売されたばかりの最新の本まである。

夢中になって図書館を回っていると、選んだ薬草図鑑でいつの間にか机の上が山積みになっていた。

おっと、いつもの悪い癖で自分の趣味の本ばかりになっていた……。

今日僕がここに来たのは、ポーション調合の研究を進めるためじゃない。

ルミネスの記憶を蘇らせる方法を調べるためだ。

『追憶』……その魔法は、人間のDNA情報の中に刻まれた『記憶』を呼び戻す魔法だ。

現代魔法や古代魔法の書にも、記憶に関する魔法については詳しく書かれていない。

その理由はまぁ実に単純なもので。人の心を操作したり、記憶を変える魔法の研究は禁忌とされているからだ。

死体を操る『死霊術(ネクロマンシー)』系統の魔法もその一種であり、新たな魔法理論が生まれて時代が変わった今でも、人の尊厳を奪う行為は許されない。

ちなみに、図書館で本を借りるのには冒険者カードが必要だし、借りた本の履歴がバレてしまうのでやましい本を読むのはマズかったりする。『記憶』に関する本は特にね。

「お待たせドミニクくん……図書館は静かで好き……」

ウーリッドが現れ、僕の横に椅子を引っつけて座った。

「やあウーリッド。例のものを持って来てくれたみたいだね」

ニコッと優しく微笑(ほほえ)むその手には、『記憶の魔導具』に関する本と、図書館には場違いな『金の小槌(こづち)』が握られている。

今日は魔導具部の活動をお休みしてもらい、ここで待ち合わせをしていた。

ウーリッドが持ってきた金の小槌には、術者の記憶を相手に伝える未知の力が秘められている。天空山(てんくうざん)のクエストのときは、この小槌の力で彼女の記憶の一部を僕の頭の中に映すことに成功した。

「その小槌を貸してくれるかな？　魔法陣を調べてみたいんだ」

「うん……好きに使って……」

小槌に解析の光を通してみると、頭の中に複雑な魔力情報が流れ込んできた。

ん……これは古代の素材か？　驚いたな……この魔導具には魔法陣が刻まれた形跡が残っていない。

こうなると、魔法以外の何かが要因として働いているとしか思えない。

「これは難しいな……この小槌に関する情報は何かあるかい？」

「このハンマーは特別なルートから手に入れた骨董品（こっとうひん）……製作者は不明。パパもいつ入手したか覚えていなかった……分かるのは特別な魔獣の素材がいくつも使われてるってこと……」

「特別な魔獣って？　竜族とは違うの？」

「うん……魔獣のランクはアルファベットで分けられてるけど……アルファベットを超えた更にその上には、『神話級』と呼ばれる魔獣が存在するの……」

神話って……また厄介そうな話になってきたな。

ウーリッドの解説によると、ギルドの長い歴史において、冒険者に多大なる影響を与えたとされる魔獣を『神話級』と呼ぶらしい。

神話級の魔獣とは『古代のエレメンタル』の加護の力を持った特別な魔獣だ。

遥か古代に生まれ、数々の伝説を残して来た『不死の魔獣』たち。

現代ではその姿は絵本などに描かれ、親から子へと語り継がれているんだとか。

「つまり、神話級の魔獣の体の一部を採取すれば、『追憶（リコレクション）』の魔法が完成させられるんだね」

「うん……でも、どの神話級の魔獣が『追憶』の魔法に関する素材となるのかは未知……」

「ニャー！」

突然、尻尾（しっぽ）を踏まれた猫みたいな叫び声が聞こえ、バーン！　っと勢いよく入口の扉が開かれた。

びっくりして扉の方に目をやると、逆光に見慣れた猫耳のシルエットが映っている。

「にゃー！　ドミニク様は私のご主人様なのだ！　馴れ馴れしく近づくな！」

「ル、ルミネス……!?」

何か誤解してるみたいだな。

……とても不機嫌そうな歩みでこっちに迫ってくる。

ウーリッドがスッと立ち上がり、懐から『猫じゃらし』みたいな謎の魔導具を取りだした。

「ドミニクくんと私は親公認の仲……ただの使い魔ちゃんに邪魔はさせない……これで遊んでて……」

「にゃ!?　そ、その魔導具は!?　か、体が勝手に動く……や！　やめるのだ！」

左右に振られた猫じゃらしの魔導具に釣られ、ルミネスは夢中になって魔道具に向かって猫パンチを繰り出している。

ただ遊んでるようにも見えるけど……あれは魔獣を操る魔導具か？　ルミネスを操るには生半可な魔法じゃ無理だ。きっと『魔力操作』の高ランクの魔法が刻まれてるに違いない……。

「ルミネスを完全に手懐けるなんて、すごい魔導具だね」

「これ、庭に生えてた猫じゃらしだよ……」

「ただの猫じゃらしなの!?」

ルミネスにそんな弱点があったとは……獣の本能には逆らえないようだ。

事情を説明して何とか落ち着いてもらい、ルミネスも僕らの輪に加わった。

ルミネスは、魔獣のことならお任せあれと、興味ありげに本を覗（のぞ）き込んでくる。

「ふむふむ。石化の毒を吐くニワトリに、地震を起こす巨人ですか……」

ちなみに、『追憶（リコレクション）』の魔法のことはルミネスには伏せたままだ。変に期待させておいて、魔導具が完成しなかったじゃ可哀想だし。

「にゃぁ……申し訳ありません。魔神の私ですら見当がつきません」

「ルミネスでも駄目かー」

「神話によると、召喚説が有力……」

そう言いながらウーリッドが本のページをめくる。

エリシアスに伝わる神話の中で、定番のものといったら、不死身の魔獣『不死鳥（フェニックス）』だ。

エリシアスに結界が張られる数百年前。この大陸では冒険者と邪悪な知能を持った魔獣による戦争が絶えず起こっていた。

その戦争の最中、とある魔法師が亡くなった仲間を生き返らせようと『生命の宝玉』に祈りを捧げると、天空から『フェニックス』が現れ、『蘇生の羽』の雨を降らせたという伝説がある。

この話に出てくる『生命の宝玉』は古代人の手によって生み出されたもので、未だに遺跡の祭壇に祀（まつ）られたまま魔獣を生み出し続けている。

生命の宝玉はギルドの職員が管理しているため、勝手に触れたり解析したりしないのが暗黙のルールとなっている。

「そんな伝説クラスの魔獣と遭遇する可能性は万に一つもあるかな」

「可能性はある……」

ウーリッドが、ポケットから『金の魔法石』を取りだして机に置いた。

「これは術者の幸運スキルを上げる『幸運の魔法石(ラッキーストーン)』……この石を持っていれば伝説の魔獣にも会える……かも」

「見るからに胡散(うさん)臭い石なのだ」

「要は幸運スキルに頼るしかないんだね」

確かカレンが幸運スキルのBランクを持ってたよな？　商店街の福引きでよく一等賞当ててるし。

あいつの無駄な運のよさを考えたら、可能性としてはゼロじゃないか。

さて、残る問題はあと一つだな。

「僕がその神話級の魔獣を相手にして、生きて帰れる保証はあるかな……」

「「え……」」

割と真剣な顔で呟(つぶや)いたのに、2人は口を開けてポカンとしている。

「むしろ楽勝なのでは？　ドミニク様が負ける未来が全く想像できないのですが……」

「同感……魔獣が可哀想になると思う……」

「いや、楽勝ではないでしょ……神話級だよ？」

更に首を傾げる2人。

この反応は何なんだろう……まぁ、会えたらラッキーくらいに思ってればいいか。どうせ運任せなんだし。

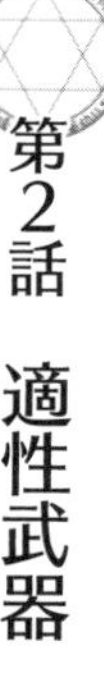

第2話　適性武器

「聞いたかよ、ついにドミニクが大気竜を倒したんだってよ！」

「大気竜ってアトモスフィアドラゴンか⁉　とんでもないな……エリクサーを開発したって話は先生から聞いてたけど」

「な？　あいつはもう卒業でいいって俺は言っただろ？」

廊下を歩く僕の耳に近くにいる生徒たちの談笑の声が入ってくる。

近頃、僕の悪い噂がクラスメイトの間だけじゃなく、学校中に広まってしまっている気がする……。

トム先生が、大気竜は『最強の竜族だ！』とか適当言って大袈裟にまくし立てるからだぞ。

つーか、入学してから1ヶ月足らずで卒業してたまるか！

僕と並んで歩いているルミネスは、噂話に自慢の尻尾を振って上機嫌だ。

「にゃ～。一時はどうなることかと思っていましたが、やっとドミニク様の伝説が学校中に広まり始めたようですね～」

「ハハ……変な噂を立てられても困るだけだよ」

「またまた～、ご謙遜を！」

どこをどう見たら僕が謙遜してるように見えるんだ……。

それはさておき、今日は『鍛冶』を学ぶ授業だって先生が言ってたっけ。

養成学校では、ルーシス校長の考案した冒険者育成のカリキュラムに沿って授業が行われている。

『鍛冶』の授業も、一流の冒険者になるために欠かせない鍛錬の一つだ。

入学当初の部活見学で鍛冶部にはお世話になった。

剣にはそれほど興味がなかったので、入部には至らなかったけどね。

今思い返してみると、素人の僕が作った剣を魔剣だなんだと褒め称えてくれたっけな？

典型的な勧誘のやり口だな。


廊下を進んでいると、前を歩く集団の先頭にやたら張り切る銀髪の騎士っぽい奴がいた。

あの破天荒男はレオルだな。

廊下には上級生もいるってのに、御構いなしにロングソードを振り回している。

「Aクラスのみんな！　早く剣を鍛錬しに行こうぜ。一家代々、騎士道を嗜むこの俺に任せてくれ！」

「おお～、レオル君ならすごい剣が作れそう！　いかにもな剣をいっつも持ち歩いてるしね！」

「伊達に騎士を自称してるだけあるなぁ！」

レオルの奴、前に剣を作ろうとしてフライパンが完成してたじゃんか。

あの自信はどこから湧いてきてるんだろ。

鍛冶部があるのは、生産系部活動の部室がある工業地帯だ。

同じく移動するAクラスの人波に合流し、階段を下って校舎を出た。


鍛冶部の部室に隣接した工場（こうば）で、鍛冶に関する授業が始まる。

「にん！　今日の授業の課題として、自分に合った近接用の武器を作ってもらう。鉄をも切り裂く強力な武器があれば、魔獣を倒す効率が格段に上がるでござる！」

鍛冶部顧問の追影薫（おいかげかおる）先生は鍛冶の適性がAランクで、天下一品の忍刀（しのびがたな）を自作するほどの腕前らしい。

参考用として持ってきたのか、忍装束の隙間から『鎖鎌』らしき武器がジャラジャラと垂れ下がっているのが見える。

「ここにいる者たちの多くが未経験者だ。まずは我のお手本を見ているでござる」

みんなにそう声をかけながら、工具置き場に立て掛けてあった職人用のハンマーを手に取り、鍛冶台に向かってしゃがみ込んだ。

「ん？　炉（ろ）とかってないのか？　鍛冶だろ？」

「……確かにそうだな」

「ふっ、甘いな！　炉を使うのは古いやり方だ。現代の鍛冶は効率的なやり方に進化したんだ」

漏れた疑問の声に、レオルがドヤ顔で応えた。

僕も部活体験のときに学んだけど、現代の鍛冶では『炉』を使わず、エネルギーを必要とする工程を全て『魔法』で行う。

そのため鍛錬に使う鍛冶台は、素材を挟んで固定するためのクランプがついているだけの、いたってシンプルな構造になっている。

「どの金属にすべきか……上質な剣を作るには優れた鑑識眼での見定めが大事でござる」

鍛冶台の横には、鉄の『インゴット』が積み上げられていた。

『インゴット』は、主に鉄鉱石などを精錬して不純物を取り除いた後、保存しやすい『ブロック型』に形成した鉄塊だ。

剣や防具を製造するのに使う基本素材となり、種類によってその価値が分けられる。市場には『金』や『銀』で作られた高価なインゴットも出回っている。

「見切ったでござる！」

先生の目がギラっと光り、良質なインゴットが選抜される。

ついに、教員による待望の鍛冶実演だ！　一体どんな魔法で鍛錬するんだろう？　楽しみだなぁ。

「鍛錬は忍耐でござる！　しっかり目に焼きつけておくでござるよ。現代魔法・『硬度上昇（ハードネス）！』」

描かれた『付与魔法』の魔法陣と共に、力強くハンマーが振り下ろされる。

《カーン！》

続け様にトンテンカーン！　っと、金属を叩く爽快な音が鳴る。

あれは、『付与魔法』を直接素材に叩き込んでいるんだな。

簡易発動できる付与魔法を武器に刻み込んでおくと、武器が自動的に術者の体から微弱な魔力を吸い取り、付与魔法の効果が持続的に発動される仕組みだ。

とはいえ、直に強力な魔法を刻むと武器の耐久度が著しく劣化してしまう。

最悪、壊れてしまう可能性もあるので、直に付与する場合は負荷の少ない低ランクの魔法を刻むのがセオリーだ。

ブロック型だったインゴットが、徐々に剣の形に整えられてきた……！　そろそろ教員による異次元の付与魔法が飛び出しそうだぞ⁉

「ふぅ……こんなものでござるか。もう少し付与魔法の精度を上げてもよかったが、集中力を欠いてしまったか。後で『切断力』を増す魔法石を取りつけるでござる。ふぅー」

全て出し切った……そういわんばかりに、大量の額の汗を拭って呼吸を整える追影先生。

え……？　もう終わりなの？　素材を硬くする『硬度上昇』の魔法しか付与してなかったように見えたけど。

フレバー先輩のやり方と同じだ。養成学校ではあの鍛錬法が主流だと考えた方がいいのかな？

先生が打ったのは、刃渡り50㎝ほどの『グラディウス』と呼ばれる片手持ちの剣だ。

持ち手は黒く、銀色の厚い両刃で耐久力が高い。ほどよい長さなので初心者でも扱いやすく、エリシアスの冒険者に最も多く愛用されている安値の短剣でもある。

前に僕が鍛冶部で作った黒曜石の剣も、あのグラディウスの一種だ。

突然、鼻息を荒くしたギーシュが鍛冶台の上に土足で登り、みんなの気を引こうとパフォーマンスを開始した。

「みんな注目ー！　僕にあんなボロ剣は相応しくないぜ！　あそこに飾ってある魔剣を作らせてくれよ！」

「ギーシュ殿！　鍛冶台から降りるでござる！」

ふぅ、まーたギーシュのおふざけか。

「魔剣なんてどこに飾ってあるんだよ」

呆れ顔で周囲を見回すと、工場の一番目立つ壁際に飾られていた『黒曜石の剣』に、みんなの注目が集まっていた。

「芸術的な剣だ……あの漆黒の剣は誰が作ったんだ！」

「魔剣……いや聖剣とでも呼ぶべきか……神の創造した剣だ」

あ、あの剣はひょっとして⁉

僕が部活体験のときに適当に作って、フレバー先輩にあげた剣じゃん！

宝石のごとく黒光りする黒曜石の剣が、『国宝級』と書かれた黄金の台座に堂々と突き刺さっている。

おかしい……僕が適当に作った剣が魔剣認定されたままだぞ。

「あの魔剣を真似て作りたいなら一向に構わぬが、同等の性能の剣を作るには少なくとも『3連詠唱』以上の詠唱技術が必要になってくるでござる」

「トリプルキャストだってぇ⁉　そんなの無理に決まってるだろー！」

「製作者は誰なんだ……国から派遣された賢者クラスの魔法師が鍛錬した剣なら、国宝級に認定されるのも納得だが……」

……あの剣のどの辺が魔剣なんだ？　武器の耐久を考慮したとしても、『12連』以上の魔法付与がないと魔剣とは呼べないと思うんだけど。素材の質で魔剣認定されてるとか？

「ちっ！　パパに頼んであの魔剣を落札してもらおうっと～。もしもーしパパー？　ギーシュだけどさー！　そうそう、プラネックス家の次男のギーシュさ！　カッコイイ魔剣を見つけたんだけどパパの力でどうにかならないかなぁー？」

ギーシュは通信用の魔法石でパパと通話しながら、ドスドスと足踏みしながら部屋から出ていく。

あの成金のギーシュが食いつくくらいだ……よっぽどあの剣の素材に価値があるらしい。買い取った剣を溶かしてインゴットに変えてから、まんまと売り捌く気だな。

少し嫌な気もするけど、まぁ剣が工場からなくなるなら結果オーライだな。これ以上、目立つのはごめんだし。

お坊っちゃま君が出ていってくれたお陰で、工場が静かになったな。ん？　何やら追影先生がステータスカードを取りだしたぞ。

「みんなもステータスカードを使って、養成学校にある武器のデータ検索をするでござる。細かな属性値などから、その人物に合った適性武器のレシピが調べられるでござる」

ステータスカードか……まーた僕だけ変な武器とか出てこないよな。

武器を作るなら、実技のときに壊れちゃった『大気竜の杖』がよかったんだけど……カルナ先生が「違法な魔導具よ！」とかいって指導してくるのが目に見えてるか。

諦めてステータスカードを掌に置き、魔力を込めてみる。

カードが光り、飛び出してきた光の水晶が立体図を模っていく。

「おおっと！　びっくりしたー。立体映像を投影する魔法か」

完成した光の立体図は、至って普通の両手持ちの『杖』だった。エメラルド色の鉄製で、グリップから先端まで金の螺旋模様が走っている。

立体図の下の方にレシピも載ってるな。

あれ？　よく見たらこの立体図……途切れ途切れだし名称もボヤけてるぞ。空白の項目まである。

まーたカードが壊れてるのか。いい加減、修理に出さないと駄目だなぁ。

渋い顔をしていた僕に気づき、追影先生が様子を見にきてくれた。

「にん……やはりドミニク殿の適性武器は、レシピが不完全なものでござったか。これは鍛冶の魔法では手に負えぬ代物かも知れぬ」

「未完成？　これって鍛冶で作る武器じゃないんですか？」

「適性武器の中には、鍛冶で対応できない複雑な古代のレシピも存在しているでござる」

「そうなんですね。レシピが穴だらけなのはどうしてですか？」

「表示されていない素材は『古代文字』で書かれた魔獣の素材でござる。カードは古代文字を読み取れないでござるからな」

なるほどね。大本のレシピを見れば、ここの空欄は古代文字で書かれてるってことか。

なら、この立体図と設計図をベースに、直感で必要な素材を予測してみよう。

必要な材料をサササッとメモ帳に書き出してみる。

ふむふむ、完全な金属製みたいだけど、この杖を作るなら魔法力に優れた魔獣の素材と金属を混ぜ合わせて作った方がよい。

この武器は、鍛冶部にあるインゴットだけじゃ対応できない。色々な素材を集め終えたら『合成』の魔法を使って杖を完成させよう。

そもそも、棒状の杖を鍛冶で作るのは難しいしね。合成のときに『思考形成』の魔法を使えば、全ての工程を一括で済ませられる。

「適性武器が分かった者から順番に、鍛冶をやってみるでござる！」

「「おぉー！」」

鍛冶台の前に生徒の列ができ、いつもより熱の入った先生の指導が始まった。

「凄(すげ)え！　レオルの適性武器は『フライパン』だぞ！」

「流石鍛冶部だね！　料理道具も作れるんだー」

「……ま、まぁな。鍛冶を極めた俺からすれば、このくらい朝飯前だ」

レオルが震え声で髪を掻き上げた。

格好つけているけど、本当は剣を作りたかったんだろう。

「剣は私の専門外……ドミニクくんを手伝う……」

ウーリッドが手伝ってくれるみたいだし、鍋作りでも頼んでみるか。

「ありがとうウーリッド。鉄製の杖を作りたいんだけど、合成に使えそうな鍋を作れないかな？」

「鍋……これならいけるかも……」

工場のゴミ捨て場に散乱していたガラクタの中から、大きなブロック型の鉄塊にウーリッドが目をつける。

顔色一つ変えずに、ガガガ！　っと回転式のドリルで鉄塊に穴をあけていく。

「ふぅ……鍋のようなもの完成……！」

あっという間に、忍の家に置いてありそうなユニークな『五右衛門風呂』が完成した。

「流石魔導具部だね！　これに聖水を流し込めば合成釜として使えそうだよ」

「ふふ……役に立ててよかった……」

釜にフタしていた木の板を取り外し、聖水を流し込んで沸騰させる。後は、この釜の中に合成したい素材を放り込むだけだ。

「むむ！　私よりも、あの無表情娘の方がドミニク様に貢献している気がするのだ……」

ウーリッドと素材を持ち寄って釜を囲んでいると、ルミネスが悔しそうに僕の腰の辺りを引っ張ってきた。

「ドミニク様ぁ、私にもお手伝いさせてくださいよぉ！」

「えぇ？　お手伝いっていってもなぁー。じゃあ、使えそうな魔獣の素材を適当に集めてきてもらえないかな？」

「は、はい！　この私ルミネスが、優秀な使い魔としてドミニク様に相応しい最高級の素材を用意してみせます！　お任せください！」

「あんまり張り切らなくてもいいからね……」

パーっと表情が晴れたルミネスは、スキップしながら工場を駆けて出ていった。


素材集めを任せてから、釜の前で待つこと20分。ほとんどの生徒が適性武器を作り終え、武器の性能を確かめに工場の外の訓練場へと向かっていった。

「使い魔ちゃん……遅いね……」

「どこまで行ったんだろね？　検索の魔法にも引っかからないや」

途方に暮れていたそのとき、ガラガラ！　っと工場の扉が開かれ、学生服を泥まみれにしたルミネスが現れた。

「にゃ、にゃぁ……ただいま……戻り……ました！」

「どこ行ってたのルミネス！　ボロッボロじゃん」

「遅かったね……制服が汚れてるよ……」

ルミネスは今にもぶっ倒れそうだけど、どこか誇らし気な顔で笑っている。

スカートがちょっと焦げてるのは火炎の魔法でも掠ったのかな？　うーん、一体どこでどんな魔獣と戦ってきたんだろう。

気持ちはありがたいけど、変な素材を持ち帰ってきてないか心配だ……。

ヒールの魔法を掛けてあげると、ルミネスはあっという間に元気になった。

にゃ〜っと満面の笑みを浮かべ、鍋の中に素材を放り込んでいく。

《ボチャチャ！　ボチャャ！》

「使い魔ちゃん……何入れたの……？」

今一瞬、巨大なドラゴンの頭部が見えた気がしたんだけど……気のせいかな？　いや、あれは爪だな……おい！　足と翼が釜からはみ出してるぞ！　つーか収納魔法も使えないのに、どっから取り出してんだ！

「にゃんにゃーん」

ルミネスの奴、竜族を狩ってきたな。どうりで時間がかかったわけだ。

大量に放り込まれた竜族によって釜の中が一杯になり、湯気が天井へと立ち昇っていく。

想像していたより、適性武器の素材に近い感じに混ざり合ってるな。これで空白の項目を代用してっと。

ふふん～っと、上機嫌に釜を沸騰させていると、ウーリッドが精錬されていない『金の鉱石』を取りだした。

「ドミニクくん……楽しそう……この石を合成に使ってほしい……」

「これって……オリハルコンじゃん！　本当にいいの？」

「うん……パパがドミニクくんにあげろって……」

トム先生が？　『オリハルコン』はレア中のレアな金の鉱石だ。

こんな高価な石をもらったらトム先生に頭が上がらなくなるぞ……でも迷ってる暇はないか。

オリハルコンの鉱石を受け取り、ポチャンと鍋の中へと投入した。

よし！　タイミングを見計らって合成の魔法を放つ！

「初級魔法（オリジナル）・『シンサシィス（合成）』」

ピカっ！　と、釜が閃光（せんこう）を放ち、勢いよく杖が飛び出してきた。

拾い上げてみると、ステータスカードで見た杖にそっくりの、エメラルド色に金の螺旋模様の走った杖が完成していた。

ってあれ……何だこれ？　杖の先に『宝玉』が取りついてる。レシピが完成したってことだよな？

『名前』：アースエンド・ブラックスタッフ（大地を滅する黒竜の杖）

『素材・種類』：合成金属・ブラックオリハルコン。

：まるごと黒竜（ブラックドラゴン）

『属性』：闇
『杖ランク』：S
『魔法付与』：アースエンド・カタストロフィー（大地の終焉）
【破滅の隕石を落下させる】
『消費魔力軽減率』：70％
【魔法発動時の消費魔力の軽減率】
『製作者・ブランド』
【魔導具作製、適性者のみ表示】
『ステータスカード称号』：黒竜の杖。終焉（しゅうえん）の杖

Sランクの杖か……アースエンド・ブラックスタッフって、随分と長ったらしい名前になったな……えーっと『隕石（メテオ）』を操る古代の杖か……よし！　杖のステータスは至って普通だな。

「美しい漆黒の宝玉です！　とーってもドミニク様にお似あいですよ！　秘境まで行って『アースエンド・ブラックドラゴン（黒竜）』を狩って来た甲斐がありました！」

「秘境まで行ってたの？　黒竜って隕石を操るトカゲだっけ？」

「Sランクの杖……奇跡。というか竜族をトカゲって呼ぶの……？」

ニッコニコのルミネスが背後で手を組み、僕の喜ぶリアクションを窺（うかが）っている。

「にゃー、宝玉は気に入ってくれましたか？」

「そうだね、ちょっと目立つけど悪くないかな。ありがとうルミネス」

漆黒の宝玉は余計だったけど、黒竜の特殊魔法がおまけでついてきたし結果オーライだな。

さて、この杖にはせっかく立派な宝玉がついているので、付与魔法をいくつか刻もう。

「じゃあ早速、この杖を改造しようかな。追影先生は近接用の武器を作るのが今日の課題だって言ってたからね」

「その杖をどう改造するのですか？　既に危なげな魔法が付与されていますよ」

「物理攻撃を強化するために、硬度を上げて重くするだけだよ」

物体を重くするには、質量を増やしてやればいい。

アースエンド・ブラックスタッフに走っている金の模様はオリハルコン金属だ。そこに無機質を強化する『オリハルコンマテリアル』の魔法を直に焼きつければ質量が増加する。

「初級魔法（オリジナル）・『オリハルコンマテリアル・ヘビメタ（質量増加）』」

金の模様にジワリと魔法陣が溶け込んだ瞬間。ベキベキ!!!!　っと足下の石畳に亀裂が走った。

げっ!?　ちょっと重くし過ぎたか。

「ドミニク様！　足場に亀裂が！」

「どれだけ重くしたの……？」

「30トンくらいだね。それより早く床を直さないとな」

キョトンとする2人をよそに、慌てて足場に『思考形成』の魔法を掛けて亀裂を修復し終えた。

これじゃ重すぎて駄目だな、魔法の効果を落として杖を軽くしよう。魔獣を殴って倒すなら2トンくらいあれば十分だろ。

『ヘビメタ』の魔法陣を劣化させ、軽く振り回してみる。さっきよりも杖がグンと軽くなってるな。

「よーし、これで近接武器化は成功だ！」

「……兵器化の間違いじゃ？」

あともう一つくらいなら宝玉に魔法を刻めそうだな。

……そうだ、『植物系魔法』はどうだろう？

収納の魔法を発動し、四弦楽器のウクレレを取りだした。

このウクレレは、先日ウーリッドからもらったものだ。骨董品らしく、特殊な植物系の魔力波が秘められている。

『植物系魔法』は花や植物系の魔獣が操る魔法だ。

人間たちの魔力とは質が違うため、魔法陣を崩す『解除』の魔法が通用しない。冒険者たちの間でも未知の魔法として語られている。

四弦楽器の弦がポロロンっと振動し、植物系の魔力波が工場の汚れた壁に反響した。

「んー、全く分からない……人間の魔力波とどこが違うんだ？」

「っ！　この音色は⁉」

目を瞑（つむ）ったルミネスが、ふさふさの猫耳に手を添えて耳を澄ましている。

「……確信はありませんが、植物系魔法とは『音階』の組み合わせによって発動する魔法なのではないでしょうか？」

「音階？　音で魔法を操るってこと？」

「はい。聴覚強化の魔法を使ってから、そのウクレレの音を聴いてみてください」

言われた通りに聴力を強化し、ウクレレの弦を上から順番に弾いてみる。

……1つ1つの音が、構成魔力数に似た魔力波を発している。

『構成魔力数』とは、魔法陣を数字と記号に置き換えたものだ。

この『音』を魔法理論に照らし合わせて組み立てれば、魔法陣を描いたときと同じように魔法が発動するのかも知れない。

要は魔法陣を描く代わりに、音階を組み合わせて魔法の効果を再現するってわけだ。

試しに、花竜が使っていた木を槍に変える植物系魔法を再現してみよう。無限の霧樹海（きりじゅかい）で、ルミネスが花竜から受けた『荊（いばら）』の魔法だ。

「初級魔法（オリジナル）・『メロディー』」

詠唱に合わせて、綺麗（きれい）なピアノの音階が鳴り響いた。

変化させるのは、さっき合成に使った釜の木蓋だ。

転がっていた木蓋が鋭利な槍に変形して伸び、工場の天井をバキバキィ！　っと豪快に突き破った。

「せ、成功だ！　旋律に反応して魔法が発動したよ！　ありがとうルミネス！」

「流石ドミニク様なのです！　お役に立てて光栄です!!」

「み、未知の魔法が解明された……？　奇跡……」

よーし、まだまだ未完成だけど『旋律』の魔法を刻んで、音によって『カタストロフィー』の魔法を発動できる様にしておこう。

次は外で隕石の魔法を試してみるか！　それにしても、今日のルミネスは頭が切れてるな。

ついさっき、秘境で黒竜を狩ってきた脳筋メイドとは思えない。主人としては複雑な気持ちだけど。


ルミネスとウーリッドの適性武器もササっと作り終え、みんなに遅れながらも工場を後にした。

武器を作ったら裏の林に集合するでござる、とか追影先生は言ってたっけな。

「手裏剣です！　あちらには忍のカカシが！」

高く伸びた竹の上部に手裏剣が刺さっているのが見える。その下にいくつも並んでいるのは忍装束を着せられた『カカシ』だ。

「ここは忍式の修行場かな？」

「向こうにみんな集まってるよ……」

ついさっき作ったばかりの剣や槍を持ったAクラスの面々が、武器の使い心地を確かめていた。

先生の見守る中、地面に立てられた訓練用の『カカシ』が、ザックザックと切り落とされていく。

「にん！　みんな、なかなか筋がいいでござる！　初めてにしてはなかなかの剣が完成したようでござるな」

「すごーい！　切っても切っても生えてくるよー。えぃ！」

「不思議だねっ！　やあっ！」

カレンとリーシャも、知らぬ間に適性武器を作り終えていた。お揃いの片刃のショートソードで試し斬りしている。

ゴロン……と、切り落とされたカカシの頭が地面に落ちて転がると、首無しになったカカシから、またニョキニョキっと頭が生えてくる。

自己再生の魔法か……遺伝子組み換えが施されたカカシみたいだな。

爽やかな汗を流し剣を振るAクラスの面々。

これが、普通のクラスメイトとの普通の青春ってやつか！　みんな楽しそうで何よりだ。

近頃、SSSランクやら王宮の称号やらで大変だったからなー。

クラスのいい雰囲気に浸っていると、とあるグループがもっさりとした暗黒のオーラを撒き散らしているのに気づく。

「はぁ……適性武器が剣の奴が羨ましいぜ……」

「お前は槍なだけマシってもんだろ？　俺は木こりの斧だぜ」

「レオルなんてフライパンなんだぞ。斧くらいでガタガタ抜かすな」

斧、ハンマー、杖を握ったまま暗い顔をした連中が、小さな円陣を組んで肩を落としている。

適性武器が剣や槍じゃなかった『鈍器組』だ。

確かにハンマーは華がないというか、格差を感じるよな……僕は杖も地味で好きだけどね。

「ふっ……惨めな俺を笑ってくれドミニク。狂戦士が聞いて呆れるだろ？」

レオルに至ってはまた鍛冶を失敗したらしく、フライパンの二刀流になっていた。

「僕も杖で鈍器だし、そんなに気にすることないんじゃないかな？」

「同情はやめてくれ。親父に合わせる顔がないぜ……はあぁぁ」

今朝まであんなに元気だったのにな……廊下でロングソードを振り回してた面影が全くないぞ。

「貴様ら何を落ち込んでいるのだ。自分の適性武器に自信を持つのだ！」

「鈍器は素敵……」

ちなみに、活を入れてるルミネスの適性武器は『メリケンサック』、ウーリッドは『ハンマー』だったので、2人とも漏れなく鈍器組みの仲間入りだ。

「僕らもあのカカシを叩いて、武器の性能を試そうか」

「そうですね」

うじうじしていても仕方ない、鈍器には鈍器なりのよさがあるはずだ。

カカシの真正面に立ち、両手で強く握りしめた杖を大きく振り被った。

「いくよー！」

声を上げたその瞬間、ザザザザ！　っとクラスメイトたちが蜘蛛の子を散らす様に退避していく。

「ドミニクだ！　急いで退避！　防御魔法を発動しろ！」

「事故る前に追影先生を呼んでこい！　早くしろ！」

細い竹の陰にしゃがんで隠れ、防御魔法のシールドを張って万全の態勢で待ち構えている。

え？　僕を残してみんな逃げてくぞ？　近くに熊の魔獣でも現れたのか。

「にん！　見事なチームワークでござる。クラスが一丸となって事故を未然に防ごうとするとは、成長したでござるな」

追影先生まで印を結んで身構えている。

まっ、いっか。振り上げたままで腕もだるくなってきたし。

2トンの重量があるアースエンドの杖を、フルスイングでカカシに叩きつける。

音速を超えた杖が一撃でカカシを粉砕し、ドーン!!　っと地面を大きく揺らした。

退避して張られていた防御魔法のシールドに、粉砕したカカシの残骸がパラパラと降り注ぐ。

「カ！　カカシが粉々だ！　再生する気配がないぞ……」

「地割れが起きてる……あのヤバそうな武器は何なんだ？」

シールドを解除し、一斉にみんなが集まってきた。粉々になって消えたカカシと割れた地面を交互に見て、驚きを隠せない様子だ。

うん！　この杖は振り心地もいいし宝玉も頑丈だな。近接武器としても申し分ないだろ。

それにしてもあのカカシ、粉砕すると自己再生できないのか……流石に盲点だった。

レオルが目を輝かせながら、僕の肩を揺さぶってくる。

「ドミニク！　どれだけ凄ぇ威力の武器を作ったんだよ！　地割れを起こす伝説のエクスカリバーが完成したのか⁉」

「いやー、ただの杖だよ」

「「ど、鈍器すげぇぇ‼」」

さっきまで円陣を組んでイジけていた鈍器組が、急に調子に乗って騒ぎ始めちゃったぞ。

「見たか今の一撃を！　あれが鈍器に隠された本当の力だ」

「剣を使ってる澄まし野郎は二度とでかい顔すんなよ」

「いやもう鈍器は関係ないだろ……ドミニクは馬鹿力なんだから」

偶然にもカカシが一体破壊され、武器にも適材適所があるということが証明された。

たまたまだったけど、剣組と鈍器組の垣根が取り除かれたみたいだな。

こうして、みんなで散らかった林を念入りに掃除してから授業はおしまいとなった。

ルミネスとウーリッドと仲良く並び、校門に向かって帰路についていた。

「にゃー、いつになく楽しい授業でしたねー」

「みんな鈍器が、杖が好き……」

「隕石の魔法を試し損ねちゃったから、不完全燃焼感は否めないな」

うちのクラスは約30名、今日の鍛冶の授業のために、鍛冶部にあった大量の素材が消費されてしまった。

後日、インゴットなどの素材をみんなで採取しにいくんだとか。

隕石の魔法はそのときに試せばいいいか。

第3話　レオルと鉱石採取

先日、行われた『鍛冶』の授業によって、鍛冶部にあった多くの素材が消費されてしまった。基本的な消耗品などは学費で賄われているんだけど、鉱石や魔法石となると限りがある。

ここは素材の楽園と称されるエリシアスだ。素材は自然地帯にいくらでもあるし、学校から受けた恩を返すのは、自給自足の生活を送る冒険者としては至極当然のことだ。

というわけで、底をついた素材の補給をするため、新入生が教員とともに、火山の麓の高原地帯にあるギルドのキャンプ地に集まっていた。

「ドミニク。お前の分のツルハシも借りてきたぞ」

「悪いね、ありがとうレオル」

ギルドの倉庫用のテントから、レオルが採取道具の『ツルハシ』と『大袋』を借りてきてくれた。

ツルハシは硬い地面や岩を叩いて砕く、持ち手の長い先の尖ったハンマーみたいなやつだな。

火山地帯には、『鉱石』が採取できる洞窟がいたるところにあり、ツルハシと大袋を持ったスタイルの冒険者を頻繁に見かける。

重くかさ張る鉱石や採取道具を運ぶ手間を考慮すると、なかなか骨の折れるクエストのようだ。

「しかし、ギルドのキャンプに顔を出さなくてもよかったのか？　現役の調査隊から冒険の話を聞ける機会なんて中々ないぞ」

「ハハ……僕はいいよ。有名人とか興味ないし」

まぁ、僕も冒険者兼ギルド職員だしな……。

遠くからキャンプ地を覗(のぞ)いてみると、何人か見知った顔がいた。

げっ……どこに知り合いがいて、いつ僕の正体がバレるかも分からない。他の生徒がいるときにギルド職員には近づかない方が賢明だ。

「はじめまして、俺たちもドミニクのパーティに入ってもいいのか？」

「……近くで見てみると普通だな。カルナ先生を倒したってわりには覇気もない」

「印象が変わったな。魔獣を生きたまま食べるって話は本当か？」

レオルに連れられてやってきたのは、別のクラスの生徒たちだ。

適性武器が『鈍器』だった連中を引っ張ってきてくれたらしい。

「みんなよろしくね！」

嬉しいことに、僕の誤解も解け始めたみたいだな？　このメンバーなら打ち解けられそうな気がするぞ。

教員たちがテントから出てきた。

今回も追影(おいかげ)先生、カルナ先生、ドーリス先生の3名が、ギルドと連携して授業を取り仕切っている。

ギルドの職員も一緒になって、『拡声』の魔法で待機していた生徒たちへ呼びかける。

「ギルドから登山の許可が下りたでござる！　クエスト情報を各々の冒険者カードから確認するでござる」

先生の言った通り、冒険者カードを取りだしてクエスト情報を開いてみる。

『鉱石採取クエスト』か……これは、授業用の特殊クエストだな。

『鉱石採取クエスト』は、洞窟から各種の鉱石をツルハシで削り取って持ち帰り、不純物を取り除いて『魔法石』『インゴット』などを生成するクエストだ。

本来なら手に入れた素材はギルドか依頼主に渡し、報酬としてお金をもらうんだけど、今回は授業用に内容が変更されていた。

「報酬はなしだね……その代わりに『B』ランク以上の鉱石を採取できれば、『資格』が授与されるんだってさ」

「ドミニク。これはチャンスだな……鉱石採取のスキル適性がない俺でも、資格を手に入れればギルドからの信頼も段違いだぜ」

冒険者カードに刻まれる『資格』は、入場制限の設けられた採取場所への入場許可証にもなる。

この火山にもそういった制限のある洞窟がいくつもあるけど、今回は授業ということで特別に許可されていた。

珍しいハーブなどの素材が欲しい採取クエストマニアなら、持っていて損はないな。

再び、教員たちの『拡声』の魔法が火山に響いた。

「これから各自、自由にパーティを組んで登山開始でござる！」

「単独行動は遭難にも繋がります。パーティメンバーの『検索』の魔法の範囲内から出ず、チームワークを心がけるよう！」

これだけの生徒が一斉に山に入るんだ……検索の魔法を使って特定の人物の魔力を嗅ぎ分けるのは、教員でもなかなか骨が折れるはずだ。

病んでいたカルナ先生も今は元気そうだ。目を輝かせて、火山の入口へ生徒を誘導している。

「ルミネスの尻尾きもちぃー」

「柔らかくてふさふさだねっ！」

「にゃー！　もふもふするな！」

入口の近くで、カレンとリーシャに尻尾をもふもふされているルミネスの姿を発見した。

今回はいつものメンバーとは別のパーティで組むことになった。多分、レオルと鈍器組がいるので、カレンが僕に気を利かせてくれたんだろう。

縦に列を組んで進む生徒の群れに続き、ぼちぼちと山を登り始めた。

火山地帯には火のエレメンタルがほどよく流れていて、年中過ごしやすい気候となっている。

突発的な噴火があるせいで、周囲は降り注いだ火山灰によって白く濁り、足場は硬く、頂上から流れてきたマグマによって墨色に固まっていた。

生えている草木は火山環境に適応して縮んで細くなり、くすんだ赤色の葉を生やしていた。

見通しはかなりよい。山の反対側に向かって道を逸れたりしなければ、離れたところからでもギルドのキャンプ地を視認できる。

これなら、迷う心配はなさそうだ。

そう思った矢先にレオルが列から外れ、僕に手招きをする。

「俺たちは頂上を目指す。Bランクのルビーの鉱石を手に入れないと資格がもらえないからな」

「別に洞窟があれば、頂上じゃなくてもいいんじゃないの?」

「駄目だ。鉱石の採取ポイントを見てみろよ」

事前にもらったクエスト情報を開いてみた。

高度１５００M付近で採れるのは『鉄鉱石』。

一番安く手に入る鉱石で、盾や剣の素材では定番中の定番だ。

質によってF~Cランクまで分けられ、今回の資格を取るにはBランクの鉱石が必要なので、それでは足りない。

高度２０００M付近で採れるのは『ルビー鉱石』だ。

Bから Aランクに該当する鉱石で、やはり、不純物の多さや素材の傷み方によってランクは上下するけど、資格は手に入る。

ふむふむ……採取できる鉱石は高度によって変わるのか。

どうやら頂上に向かって登るほど、高価な素材が採れるらしい。

「とにかく、午前中いっぱい掛けて山を登るか。寄り道はしないぞ！」

「「了解！」」

無鉄砲なレオルを筆頭に、鈍器組に混じって頂上を目指すこととなった。

まぁ、今回はレオルに乗ってみるか……迷わないよね？


「ぜぇぜぇ……ど！　どこなんだここは⁉」

迷ったみたいだな！

目的地は高度２０００Ｍ。既にレオルの膝がガクガクと笑っていた。

生徒の列から外れ、数名のパーティで足早に山を登ること、数時間。

振り返れば見えていたギルドのキャンプ地もその姿を消している。

道中にいた他の生徒の姿もなく、僕らのパーティだけ孤立している状態だ。

途中で道を逸(そ)れちゃったのか、呼吸を整える僕らの前方は、聳(そび)え立つ『崖』によって行き止まりとなっていた。

「ぜぇぜぇ……この崖を登るのか？　空気が薄すぎて辛いんだが」

「何でドミニクは平気そうなんだよ……」

後ろを歩いていたメンバーが膝を折り、火山灰の積もった岩場に座り込んだ。

他の人もそれに合わせるように座り込んでいく。

みんな完全にバテてるな……。

僕は飛行魔法で高所には慣れてるけど、初登山でいきなりこんな高度まで登ると、空気と魔力の薄さで立っているだけでも辛くなるらしい。

「僕はこの辺りまで、レッドハーブを採取しによくきてたからね。確か、あの崖の下に鉱石の洞窟があったはずだから、登る必要はないと思うよ」

「本当か⁉　しかし、こんなところでハーブ採取って命がけだな……」

火山地帯に関しては土地勘もあるので、実は今いる場所の見当は大体ついていた。

クエスト情報には、使用禁止の魔法など特に記載されていなかったので、飛行か転移の魔法を使えばいつでも帰れる。

「高度はどうなんだ？　２０００M付近まで行かないとBランクの鉱石は採れないんだろ？」

スゥーっと深呼吸して、酸素に含まれる魔力を肺に取り込む。

空気に含まれる魔力が、地上の３分の１くらいまで低下してるな……。

「ここはもう高度２０００M付近だよ。スタート地点と比べて空気中の魔力が下がってるじゃん」

「ふ、普通はそんなこと分からねえよ……お陰で助かったが」

高度も分からないのに登ってたのか……危うく本当に頂上まで辿（たど）りつくところだった。

「さぁみんな、あの洞窟の探索に行こうぜ！」

「「おぉ！」」

ここがルビー鉱石の洞窟か。

木で補強された洞窟の入口から中を覗き込む。

内部の壁際にぶら下がったランプの魔導具が、ボンヤリと足場を照らしていた。

随分と人の手が加わってるな……足場も綺麗に整地されて木の通路が奥の方まで続いている。

鉱石を手に入れるために、意気揚々と洞窟に足を踏み入れた瞬間。

中から数人の冒険者がドタバタと飛び出して来た。

「早くしろ！　『サラマンドロス』が追いかけてきてるんだ！」

「学生は麓の洞窟で採取しろと言われなかったのか！　その制服が焼けて穴だらけになっちまうぞ」

擦れ違いざまに、大きく手を振ってジェスチャーしてくる。

ベテランの採取パーティだ……僕たちを心配してくれてるみたいだけど、何かあったのかな？

そのまま彼らは、ドタバタとつまずきながら僕たちが登ってきた傾斜の向こうに消えていった。

サラマンドロス？　やっぱり頂上付近には危険な魔獣がいるのか。

高ランクの素材が採れるってことはそれ相応の危険も伴って当然だ。

「魔獣に追われてたみたいだね。僕たちも逃げた方がよさそうだよ」

「せっかくここまで来たってのに……命には替えられないか。逃げるぞみんな！」

急いで洞窟から脱出し、追っ手が来てないか後ろを振り返る。

「魔獣が出てくるぞ！」

四足歩行で、洞窟の床をドスドスと駆ける魔獣。

体長４Ｍクラスの大型の赤トカゲが、僕たちを追いかけて洞窟から飛び出してきた。

マグマの様な赤い鱗にまだら模様の黒が滲んでいる。無表情でチョロチョロと舌を出し、鼻を鳴らして餌を探している。
ビ、ビックリしたー……でも、あれはただの赤トカゲだな。まぎらわしい。
あいつらハーブ採取のときにたまーに邪魔してくる低ランクの魔獣だ。

ワンパンで倒せるから、多分サラマンドロスじゃないな。

「先にこいつらを片づけた方がよさそうだね。そのサラマンドロスって魔獣が来る前に！」

「早く逃げるぞドミニク！　隙を見せたらあの爪の餌食になっちまうぜ」

「いや、ちょっと隕石を降らせるから待ってて」

「隕石⁉　な、何言ってんだ⁉　変な魔法はやめとけって！」

『収納』の魔法を発動すると白い狭間が生み出される。

アースエンドの杖が宙を回転しながら飛び出してきた。

片手で杖をキャッチし、即座に魔力を込める。

「大丈夫だって、行くよ！　初級魔法（オリジナル）・『アースエンド・カタストロフィー（大地の終焉）』」

杖を掲げて呪文を唱えた。

ゴゴゴゴ!!　っと轟音が鳴り響き、空に巨大な隕石が現れた。

「そ！　空から隕石が降ってくるぞぉ!!」

「ドミニクの魔法だ！　全員離れて伏せろ！」

ふぅ、成功だ！　でも、思ったより落下速度が速いな……。

隕石を眺（なが）める余裕もなく、ドーン!!!!　っと洞窟の入口付近に衝撃が走り、赤トカゲたちを纏（まと）めて粉々に吹き飛ばした。

げほっげほっ！　……凄（すご）い煙で視界が悪いけど、どうやら1匹残らず倒せたみたいだな。

初めて使う魔法だったから、ちゃんと目標地点に落ちるか怪しかったんだよね。

「よし、みんな今の内だ！　サラマンドロスが来る前に逃げるよって、どうしたのみんな……？」

必死に撤退指示を送るも、さっきまで慌てふためいていた鈍器組のみんなが呆然（ぼうぜん）と地面にへたり込んでいた。

……早く逃げなくていいのかな？

呆気（あっけ）にとられる僕に、レオルが衝撃の一言を漏らした。

「ドミニク……今お前が倒したトカゲが『サラマンドロス』だぞ」

「えぇぇ!?　このトカゲが??」

なるほど……ってことは、さっきベテラン冒険者が逃げてったのは演技だったのか。

僕たちを驚かせて、鉱石を採掘させないための嘘だったんだな……すっかり騙されちゃってたな。

「ドミニク……少し自重しろ。俺は慣れてるが、他のクラスの奴らはまだお前の魔法を見慣れてないんだ……」

「あぁ……悪魔の所業だ……隕石が降ってくるなんて……」

「し、死ぬかと思った……やはり噂は本当だったのか……」

確かに、カタストロフィーの魔法はまだ解き明かされてない竜族の魔法の一種なので、みんな知らなくて当然か。

……ところで、この魔法って『複数詠唱』で使ったら隕石が沢山降ってくるのかな？　いや……コントロールできなそうだしやめとこう。

その後、倒したサラマンドロスの素材を回収しようと岩場を捜索したんだけど……損傷が酷く、素材として扱えそうなものは残っていなかった。

このトカゲ、エリシアスでは害獣の一種なんだとか。

「さて、鉱石を取りにいくよ」

サラマンドロスを倒し、やっと洞窟内へと足を踏み入れた。

「見てくれ！　鉄鉱石があったぞ」

黒い鉄鉱石の塊が、入ってすぐの通路脇に小さく盛り上がっているのをレオルが発見した。

僕たちが今いる高度から考えれば、鉄鉱石といえど鉱石ランクはそこそこ高いはずだ。

「これをツルハシで削り落とせば、とりあえずの素材は手に入るけどね」

「いや、今回の目的は合格ラインに達することだ。最低でもルビーは手に入れておかないと、鑑定する前から結果は見えてるぜ」

「でも、奥まで進むとさっきのトカゲがいるかもよ。僕らのパーティだけかなりタイムロスしちゃってるからなぁ……」

もう、僕のクラスの他の人たちはキャンプ地に戻ってる頃かな？

仕方ない……ここまで来て生半可な結果では帰れないし、もう少し先まで進んでみるか。

みんなの意見も一致し、洞窟の奥を目指すこととなった。

先の見通しにくい洞窟のカーブを進み、通路脇に視線を張り巡らせながら探索を続ける。

「暗くて狭い……こんなところで敵が出たらおしまいだな」

「そうかな？　『検索』の魔法を放ってるから不意打ちの心配はないよ。それに、道を逸れたらさっきのトカゲがうじゃうじゃいるよ」

「流石ドミニクだな！　俺たちに背後は任せてくれ」

ババババっと縦一直線に整列し、いつの間にか僕が列の先頭になっていた。

とにかく！　安全ルートで行けば問題なしだ。どんどん進むぞ！

「あった……ルビー鉱石だ！」

「うおぉ！」

「やっとか！」

パーティから野太い歓声が上がる。

ハイペースで探索を続け、やっと目的の赤い光のちりばめられた壁を発見した。

「中に大粒の赤い鉱石が埋まっているのが確認できるね……高ランクなのは間違いないし、さっさと掘って帰ろう」

「待てドミニク！　さっきのトカゲだ……サラマンドロスがいるぞ！」

レオルが剣を抜き、僕らの盾となるためにトカゲの前に立ち塞(ふさ)がった。

洞窟の入口で僕が倒したサラマンドロスがシュルルっと舌を出し、こちらに威嚇(いかく)の眼光を向けている。

「みんな、ここまで付き合わせて悪かったな。パーティリーダーとして俺が1人で奴を倒す」

目を瞑(つむ)って集中し、呼吸を整えるレオル。

「斬(ざん)ー！」と叫びながら、トカゲに向かって突進して行った。

……せっかく不意打ちのチャンスだったのに、そんなに叫んでたらバレちゃうだろ。

「もう時間もないし、レオルが戦ってる間に僕たちだけで先に採取を終わらせておこう」

「そうだな」

トカゲはレオルに任せ、残ったメンバーで先に鉱石採取を開始する。

近くに他のトカゲがいないか安全確保を済ませ、みんなで壁に向かってツルハシを振り下ろす。

ガキン！　っと、耳に響く金属音が狭い通路に反響し、ゴロゴロっと鉱石が崩れ落ちてきた。

「鉱石はこの穴の中に放り込んでね」

「こ、この穴って……どこに繋がってるの？」

「気にしない気にしない～」

『収納』の狭間を作りだし、みんなでルビーの鉱石をポイポイと放り込んでいく。運ぶ手間を考えたらこうするのが一番だ。

片手間にチラっと隣を見てみると、洞窟の通路でレオルと赤トカゲによる互角の戦いが繰り広げられていた。

バテバテのレオルが、サラマンドロスの側面に回り込んで必殺の剣を振り下ろす。負けじとサラマンドロスも必死に体を曲げて、紙一重でレオルの剣を躱している。

「ぜぇ、ぜぇ……！　やたらしぶといトカゲだぜ！」

《シャ……シャー！》

まだやってる……互角過ぎて、どっちの攻撃もうまい具合に致命打にならないんだな。

「このヤロー！」

《シャー！》

空振った剣が地面の岩に当たり、よろけたレオルの隙をついてサラマンドロスが逃げていった。

「ふ、ふぅ……終わったぜ」

「お疲れ様。ベテラン冒険者が逃げだしたわりには、僕たちでも普通に追い払えるんだね」

「相手が1匹だったからな……もしも、あの硬い尻尾の攻撃を受けていたら骨の2、3本折れてたかも知れん……」

「そっか、回復（ヒール）を掛けるから座って」

「世話になる……」

ヒールの光を受けながらレオルは、鉱石が無限に吸い込まれていく『狭間（はざま）』を不思議そうに見ていた。

「戦ってる最中からずっと気になってたんだが、掘った鉱石をどこにしまってるんだ？」


そういえば、レオルには転移系の魔法をまだ見せてなかったな。

「『収納』の魔法で異空間に入れてるんだよ。術者の魔力量に比例して容量も大きくなるから、好きなだけ詰めて大丈夫だよ」

「ふぅん、便利な魔法もあるもんだな」

魔力量はステータスカードの『属性値』を見れば分かるんだけどね……バグったカードを見せても変な誤解を招くだけか。

それから何とか山を下り、無事にキャンプ地へと辿りつく頃には夕暮れ時となっていた。

「あぁー、流石に疲れたぜ……ドミニクは平気そうだな？　意外と鍛えてるんだな」

「流石にお腹は空いたけどねー」

薄暗いギルドのキャンプ地をランプの灯りがぼんやりと照らしている。授業時間はとっくに過ぎていたけど、全員集まるまで終業の鐘は鳴らさずにいてくれていた。

ドーリス先生が、遅れて下山してきた僕たちの姿に気づき、パーっと晴れやかな顔をして駆け寄ってきた。

「最後のパーティが戻ってきたぞ！　隕石が火山に落ちただろ？　心配してたんだぞ。怪我はなかったか？」

「ドーリスせんせぇー！　もう少しで頂上まで連れていかれるところだったんだよ！」

「こ、怖かったぁ！」

Cクラスの鈍器組が、泣きながらドーリス先生の下へと戻っていった。

確かにね……無事に戻れてよかった。レオルに任せてたら今頃、頂上で月を見上げていたかも知れないし。

ん？　あれは……珍しく、カルナ先生と追影先生が火花を散らしてるな。

「どうやら、うちのBクラスが一番多く魔法石を集めた様ですね」

「カルナ殿。我のクラスはまだ最後のパーティが戻ってきていない……逆転のチャンスはあるでござるよ」

「量からいってもそれはありえません。『収納』の魔法でも使って鉱石を運ばない限り、結果は覆りません！」

カルナ先生と追影先生が『A』『B』『C』の区分に分けられたスペースの前に立ち、睨み合っていた。

その後ろには、魔法石とインゴットが山積みにされている。

集めてきた鉱石を加工して、クラスごとに分けたみたいだな……確かにBクラスが圧倒的だな、個々の大きさでも負けてるし。鉱石採取の適性に優れた生徒が多いと、ここまで差が開くのか。

レオルが争っている先生たちに声を掛けた。

「待たせたな追影先生！　レオルパーティが火山から戻ったぜ」

「待っていたでござるよレオル殿、ドミニク殿。その顔は……よほど、上質な鉱石が採れたと見えるでござる」

「ささ、最後のパーティって、ドミニク君たちだったのね！　でも、残念ながら今回の対抗戦はBクラスが勝たせてもらいます！」

ビシ！　っと胸を張ってカルナ先生が言い放った。

……いつからクラス対抗戦になったのかな。

苦笑いする追影先生の手には、回転式の『研磨』の魔導具が握られていた。提出された鉱石をその場で研磨して、ピカピカの魔法石に変えているんだな。

「ドミニク、やってくれ」

「おっけー。古代魔法・『ストレージ』」

　収納魔法がバレない様に、口を下にした大袋の内部に『収納』の狭間を発生させた。

　ゴロゴロゴロ！　っと山盛りの鉱石が、大袋から雪崩落ちてくる。

「にん⁉　これは我の見間違いでござるか……袋のサイズに対して鉱石の量が多過ぎるでござる……」

　袋から全ての鉱石が出終わる頃には、Ａクラスのスペースに入り切れなかった鉱石が、隣のＢクラスのスペースまで散らばっていた。

「あ、ありえないわ……まさか、その袋は『収納』の魔法が込められた魔導具じゃないのぉぉ⁉　ちょっと貸しなさい！」

　先生が僕の袋を摑み取り、空になった袋をひっくり返して中を必死に調べている。

　魔導具じゃなくて、ただの収納の魔法なんだけどね……。

「勝負する気はなかったでござるが、我のクラスの圧勝の様でござるな！　ににん～」

「きぃぃ……悔しぃぃ！　覚えてなさいドミニク・ハイヤード‼」

　ハンカチを嚙みながら、カルナ先生は暗い火山の山道へと走って消えていった。

　何か僕が悪者みたいだな……。

　総重量１トンは軽くあるであろう鉱石の中から、大きめのルビーの鉱石を選んで先生に提出した。

「このサイズにこの質……文句なしにＡランクの鉱石でござるな！　合格でござる！」

「「やったー」」

研磨を終えたルビーの鉱石は学校へ寄付され、後に授業で使われる。

その代わりに僕たちは、先生から『鉱石採取３級』の資格、及び称号をステータスカードに授与してもらった。

この称号は初心者向けらしいけど、学生のうちに取るのは結構難しかったりするんだとか。

「やったぜ！　へへ……」

レオルがステータスカードを見つめている……よっぽど鉱石採取の資格が取れて嬉しいみたいだな。頑張った甲斐があったってもんだ。

うんうんと頷く僕に、ポカンとした面でレオルが尋ねてきた。

「俺は『鉱石採取』の適性がＡランクなんだが。この資格って何かの役に立つのか？」

「え⁉　レオルって鉱石採取の適性があったの⁉　高ランクの適性があるなら、近場で質のいい鉱石を見分けられたんじゃないの」

「いまいち分からんが、俺にそんな力があるのか」

火山の麓の岩場に目を凝らすレオル。

「言われてみれば……レア鉱石が埋まっていそうな場所がどことなく分かりそうだ」

なら、わざわざ高度２０００Ｍまで行かなくてもよかったのか。

まさか、資格の価値を知らずに２０００Ｍまで登ってたのか？　あの登山へのモチベーションはどっから来てたんだろう……。

まっ、3級の称号はもらえたわけだし、結果オーライだけどね。

第4話　神話級

朝のホームルームが始まるまでの間、退屈しのぎにルミネスと本を読んでいた。

ドンっと積まれたこの本の山は、ルミネスと僕で図書館から借りてきたものだ。主に薬草関連と神話、記憶に関する本だ。

「どう？　神話級の魔獣に関する役に立ちそうな情報はあった？」

「にゃっ？　ここにドミニク様の名前が載っていますよ？」

「え？　どこどこ」

ルミネスが見せてくれた本の目次に、『ドミニク・ハイヤードの試験問題解答集』といった謎のタイトルの本があった。

「これって、僕が入学のときに筆記試験で書いた調合問題の答えだよ。どうして本に載ってるんだろ？」

「興味深いところではありますが、最上級難易度の調合問題となっていますよ？」

これが最上級難易度だって？　簡単な問題しかなかったけどな……学校側のミスかな。

「ふにゃ～ぁ。並んだ文字を見ていると眠くなりますねー」

ルミネスが眠そうに欠伸（あくび）を噛（か）み殺した。

せっかくなのでルミネスの好きそうな本も借りてくれればよかったな。小難しい本は苦手のようだ。

「こんなにレシピがあったら調味料が足りないよっ！」

「恋愛成就の魔導具は……」

横の席のリーシャ、更に隣のウーリッドも、料理本や魔導具本を机に広げて夢中になっている。

僕が言うのもなんだけど、もうちょっと冒険に活かせる本を読んだ方がいいんじゃ……。

「にん！　おはようでござる！　みんな、席に着くでござる！」

シュババ！　っと窓から影が走り、同時にホームルームの鐘が鳴り響いた。

おっと、もうこんな時間か。

先生の点呼が響く中、筆記用具を取りだして姿勢を正した。

「にん！　今日は魔獣討伐について学んでいくでござるよ。危険の少ない『採取クエスト』の最中に、予期せぬ魔獣に遭遇してしまうこともある。事前にしっかりと対策を立てておく必要があるでござるよ」

「「はーい」」

全くその通りだね……僕も火山にハーブを採りにいったら激レアのレッドドラゴンと遭遇したわけだし。

私語もなく、みんなが分厚い教科書を開いていく。

ちなみに教科書は、図書館の娯楽目的の本とは異なり、正式にギルドが採用した著者の本しか使用していない。

僕たち1年生の授業は、遺跡や自然地帯などから宝を探し出す『探索』がメインだ。

この『探索』スキルの適性が高くなると冒険者としての勘が鋭くなり、宝を探し出すのがうまくなるといわれている。

当然、探索を行うには、そこで生息している『魔獣』との戦いは避けて通れない。この授業は如何(いか)にして魔獣を効率よく倒し、危険をなくすかに重きを置いている。

養成学校の教科書には、魔獣の種類とランク、そしてその対処方法が書かれている。

最低ランクの『F』に位置づけされている魔獣には、エレメンタルによって自然発生する『妖精(フェアリー)』族が挙げられていた。

「この教室に隠れている魔獣を呼び出してみるでござる」

先生が全身から微弱な魔力を放つと、空気中のエレメンタルの中に隠れていた数匹の『フェアリー』が現れ、宙を遊泳しだした。

スノーフェアリーほど幻想的じゃないな、形も歪(いびつ)で少し土のついたフェアリー族だ。

「こう見えてフェアリー族は、人間の皮膚を覆(おお)うエレメンタルを食べる魔獣でござる。サイズによっては嚙(か)まれることで皮膚が大きく腫れてしまうでござる。にん!」

スパン!っと追影(おいかげ)先生の投げた手裏剣(しゅりけん)チョークがフェアリーを切り裂き、教室を一周して見事に先生の手元に戻った。

「凄（すげ）ぇ！　フェアリーを一撃で倒したぞ！」

「ルーシス校長に選ばれた教員ともなると、やっぱり実力は本物だな」

ごくりと唾（つば）を飲む音が聞こえ、静かに拍手が起きた。

ん……？　フェアリー族なら木の棒を持った子供でも十分に討伐可能だよね。

実体の薄い彼らは、体の表面のエレメンタルを乱されると簡単に消滅してしまうし、風が吹いて消えるなんてのもザラにある。

それより、誰もあの手裏剣チョークに疑問を感じないのか。慣れって怖いな！

先生は満更でもない顔で授業を続けている。

「今の攻撃では倒しきれなかったフェアリーがいるでござる。その理由の分かるものはいるでござるか？」

まだ教室の天井付近には、ライトの明かりに透かされながらフェアリーが漂（ただよ）っている。

あの個体だけ、手裏剣が不自然にすり抜けていたっけな？

ここぞとばかりにルミネスが立ち上がり、僕の方をチラチラと見ながら得意げに解答を述べた。

「斬撃が効かないのは、『無属性』のエレメンタルに特化したフェアリーが物理攻撃を無効化したからなのだ！　ちなみに、ドミニク様レベルになってくると無効化を魔法で無効化させられるのだ！」

言ってやりましたよ！　と、ルミネスがウインクを飛ばしてくる。余計な補足説明がなければ完璧だったな。できるっちゃできるけど。

「正解でござる！　低ランクの魔獣であっても、攻撃を無効化してくる奴がいるので要注意でござる。例えば滑らかなドーム状の甲羅で身を守っている『亀の魔獣』に対して『剣』で戦っても、斬撃が流されてしまうため有効とはいえない。硬い『鈍器』などで甲羅を叩き割るのが正解でござる」

人によって討伐方法には向き不向きがあるから、何とも言い難いな……よりよい判断を下せてこその冒険者だと思うけどね。

そういえば、竜族の倒し方が教科書に載ってないぞ……アドリブでやれってことか？

大抵の魔獣は首を締め上げて窒息させるか頭部に強い衝撃を与えれば倒せる。竜族に関しては飛行魔法で背中に飛び乗って翼をもげば陸上の魔獣と大差なくなるし、落雷の魔法で狙い撃ちすれば瞬殺できるしな。

担任が忍でどうなることかと思ってたけど、筆記試験のときに比べて僕も少しは賢くなってる気がする。分かりやすい授業するんだよなこの先生。

「少しでも危険を回避するために、我が校では最低でも2人以上のパーティを推奨している。まずはこのクラスで『前衛』と『後衛』に分かれてペアを組むでござる」

手裏剣チョークが高速で動き、黒板に文字が書かれていく。

あれがSランク冒険者、ルーシス校長の推奨するパーティ編成か。

・素手、もしくは武器を用いた接近戦闘で敵を切り裂く『前衛』。

・味方の回復や、捕縛などの魔法で敵を翻弄する『後衛』。

黒板を見てギーシュが騒ぎ始めた。

「忍者先生ー！　僕みたいに火の魔法で魔獣を焼き尽くす、サラマンダー的な役割はいらないのかい？」

「1年生のクエストはあくまで『探索』だ。魔法での直接攻撃は素材を駄目にしてしまうので、非常時のみ許可するでござるよ」

魔法は、生物の体を覆う『エレメンタル』を大きく傷つけてしまう恐れがある。ダメージの有無に拘わらず、対象の素材としての価値を損なわせてしまう魔法での直接攻撃は推奨されていなかった。

まっ、どっちにしても僕は間違いなく後衛だな。回復魔法とかでチマチマやってる方が向いてるし。

「ちっ！　まあ僕は接近戦もできるから問題ないけどねー！　ぐへへっ、プラネックス家の次男である僕と組みたい女子は集合～！」

一番乗りで募集を始めたのはお坊っちゃま君だ。相変わらずブレないな。

その様子を能天気に見ていると、いきなり僕の席に向かってズドド!!　っと、男女入り乱れて突進してきた。

「ドミニク委員長ぉ！　僕とペアを組んでくれないかい？　勿論、君が前衛でだ！」

みんな僕に凄い形相で迫ってくる。

「待て！　こいつは親友の俺とペアを組むんだよ。騎士道を考慮してダブル前衛ってのはどうだ？」

「ドミニクくんは私と組む……邪魔はさせない……」

新たにレオルとウーリッドも混じってまたややこしくなった。

っていうか、僕は後衛希望なので、誰か前衛希望の人とパーティを組みたいんだけど。

「にゃぁー！　ごちゃごちゃ騒ぐな人間ども！　はっきりいって貴様らなどドミニク様の足手まといにしかならん。この私、ルミネスが後衛としてご主人様のお側にいるべきなのだ」

ルミネスが僕の前に立ち塞がって怒ってくれた。

気持ちは嬉しいんだけど、僕が後衛希望だってのは誰にも伝わってないのか??

いつの間にか横にいたカレンが、僕の肩に手をソッと置いて同情のため息をついた。

「はぁー、しょうがないなードミニクは。私がペアを組んであげるよ」

最弱のカレンと組んだら実質ソロだよね？

消極的な生徒が多いAクラスでは後衛希望が多く目立ち、希望者の少ない前衛の押しつけ合いとなっていた。

結局、各部活動に分かれて組むのが一番という流れになり、カレンはリーシャとの料理部ペアとなった。

「ちぇっ、私がドミニクと組みたかったのにー」

「よろしくね、カレンちゃんっ」

カレンのネックレスに付いているクリスタルの精霊石から、ダークスピリットが顔を覗かせた。

《氷漬けですが何か？》

ダークスピリットの奴……やたら血の気が多そうに見えるけど、攻撃魔法が素材を駄目にするって話は聞いてたよな？

ルミネスは他の生徒と組ませても余計なトラブルが起きかねないし、僕とのペアで落ち着かせるしかないな。

「にん！　ではみんなで、ペアでの魔獣との戦いを実際に体験してみよう。そのために用意された訓練用の狩場へと移動するでござる」

いきなり実演か。まっ、戦闘は本で学ぶより体験しないと上達しないので仕方ないか。

そんなこんなで、養成学校の『転移の祭壇』から狩場へと転移した。

転移の反動で薄暗くボヤけていた視界が徐々に晴れていく。

ここは……？

どこかの洞窟の中に転移したみたいだな。

目の前は行き止まりとなっていて、養成学校のと対（つい）になっている転移の石板が壁に半分埋まっている。

出口はすぐ後ろのようだ。

洞窟の奥から、ムワッとした湿気の多い空気が制服の隙間に流れ込んでくる。

「にゃー……まさか、この洞窟に祭壇が隠されていたとは！」

「ルミネスはこの洞窟を知ってるの？」

「はい！　このヌメッとした洞窟はエリシアスの密林地帯の中にあります。ギルドの管理下にある有林地帯の中で砂漠に最も近い場所で、密林を抜けた先は火山へと繋がっています」

……やたら詳しいな。もしかして、記憶を失う前は密林出身の猫とかだったりして。

「道は塞がってるし、先へは進めないね。とにかく外に出てみよう」

「はい！」

転移の石板から手を離して光の差し込む出口に向かって歩いていくと、何やらざわめきが遠くから聞こえてきた。

「やべぇ、あそこが狩場なのか……」

「あそこは処刑場か……」

先に転移していた生徒たちが険しい表情を浮かべ、生い茂った密林の木々の先を見つめている。

どよめきはあれのせいか……。

洞窟から出てすぐに見えたのは、そびえ立つ巨大な円形の遺跡だ。

「みんな、怖がる必要はないでござる。あれはエリシアス三大遺跡の一つ、『コロセウム』でござる」

追影先生が先頭に立ち、動揺する僕らに向かって説明を始める。

『コロセウム（円形闘技場）』とは、古代人の手によって建設された罪人の処刑場らしい。

罪人に手錠を掛けた状態で凶暴な魔獣と戦わせ、見世物としていたようだ。

「ここは元々、罪人の処刑場だったんだね」

「にゃぁ……まったく、後味の悪い話ですね」

入口の門から闘技場の中へと入る。

内部は、決闘を行うことに特化した広々とした空間が広がっている。グルッと３６０度に観客席が配置されていて、まるで舞台のようだ。

足場は石畳で整備されていて綺麗（きれい）だけど、壁は穴だらけで至るところに血痕らしきシミが付着していた。

うーん、罪人の悪霊とか出てきそうだ……狩場というより心霊スポットだな。

舞台の奥の方に、謎の祭壇がある。古代の石板を積み上げて作られた台座に『生命の宝玉』が祀（まつ）られていた。

「おい。魔獣はどこだ？　気配すら感じないぜ」

「先生！　ここで実演を行うんじゃなかったんですか？」

みんなも周囲をグルッと見回し、案内された魔獣のいない狩場に疑問を感じているようだ。

「魔獣ならここにいるでござる」

そう言いながら、追影先生が舞台の隅に祀られた宝玉に近づいていく。

まるで、追影先生の魔力に反応するかのように、《オオオオオ》っと不気味な闇のオーラが宝玉から溢れでた。

ルミネスが尻尾の毛を逆立てる。

「にゃ⁉　あれは呪いの宝玉です！」

「あれは生命の宝玉だよ。魔獣を呼びだす宝玉だね」

「にゃぁ……本で読んだ神話級の魔獣を召喚したという宝玉に似ている気がします……」

先生が黒い忍手袋を外して宝玉に触れると、宝玉から怪し気な黒い煙がモクモクと溢れだす。

「この祭壇に祀られている『生命の宝玉』は、神秘の力を持った国宝的な遺産でござる。この宝玉は触れた人間の魔力を吸収し、魔獣を生み出す力を持っているでござる」

闘技場の中央に大きな黒い召喚陣が浮かび上がり、取り乱した生徒たちが一斉に壁際の方まで避難していく。

「黒い召喚陣が出現したぞ⁉　魔族じゃないのか⁉」

「逃げろ！　魔獣が出てくるよ！」

先生が狩場って言った意味が分かってきたぞ。ここは遺跡にあるモンスター部屋の仕組みを再現した闘技場なのか。

あの宝玉から魔獣を生みだして、僕らに実戦の訓練を行わせるつもりなんだろう。

《オオォ……》と、舌足らずな低い声が観客席まで反響する。

そして、黒煙の上がる召喚陣から巨人族のオーガが姿を現した。

「きょ、巨人族だぁ!? ハハッ……あ、あんなのにビビる僕じゃないぜ！」

「膝がガクガクしてるっすよ、ギーシュさん！」

いつも傲慢に振舞っているくせに、ギーシュは魔族が苦手なんだな。

オーガの討伐ランクは『C』。全長は2・5Mと、人型の魔獣の中では中型くらいの大きさに位置している。

血色の悪い緑色の皮膚をした筋肉質で、小型の魔獣なら片手でひねり潰せそうだ。

片手に持った棍棒とツノの生えた顔が相まって、風貌は鬼そのものに見える。

「いきなりあんなのと戦うなんて無理だ！　レベル高過ぎじゃないか？」

「これがルーシス校長の考えた育成カリキュラムだってのか！　こんな授業ついていけねぇ」

ふぅ、弱そうな魔獣が出てきてくれて助かった。初級魔法で一撃っぽいし、派手目な古代魔法を使う必要はなさそうだ。

「巨人族のオーガですね……インプやオークなどの魔族に分類され、私の『服従』の魔眼が通用しない厄介な連中です」

ルミネスが表情を歪め、嫌悪感を露わにしている。

「追影先生は忍の国の出身だからね。魔法陣を描かずに魔法が使える人間は魔族の血が濃い証拠だ。宝玉がそれを読み取って魔族を召喚したんだね」

オーガが現れてから沈黙を続けていた追影先生が、やっと動きを見せる。

目を凝らし、生徒たちの行動をじっくりと観察している。

「誰が適任者でござるか……っ!? あれは！」

先生の視線の先から、《ブン！ ブン！》っと力強い素振りの音が鳴った。

「斬！ 斬！ 騎士はどこでも鍛錬を欠かさない！ あと3000回！」

みんな避難してるっていうのに、マイペースに剣を振っていたのはレオルだ。

「レオル殿。助っ人をお願いするでござるよ！」

「え！ お、俺が先生の助っ人をですか！」

他の生徒は少し怖がってるみたいだ。レオルの奴は緊張とかしなそうだし、トップバッターには適任だな。それにあの素振りのペースじゃ、3000回振り終わる頃には授業が終わってそうだ。

驚いて口の開いたままのレオルを追影先生が引き連れ、舞台の中央にいるオーガに向かって歩いていく。

残された生徒は2階の観客席から見学だ。

僕たちも闘技場の入口から階段を上り、観客席に着く。

「やれー！ レオルー！」

「お前の騎士道を見せてやれー！」

みんな盛り上がりを見せレオルを応援する。

遠くに見えるレオルの背中からは、若干の緊張が伝わってくる。

「せ、先生！ 騎士としての俺の役割を教えてください！」

「うむ。オーガ族は自らに『混乱（あべこべ）』と呼ばれる魔法を掛け、痛覚をなくしているでござる」

「そんな魔法があるんですか！　衝撃的だぜ」

レオルは知らなかったみたいだけど、『混乱（あべこべ）』の魔法は『隠蔽（いんぺい）』の魔法と同じで、精神に働きかけて状態異常を引き起こす魔法だ。

オーガが使っている『混乱』の魔法は、自身の『痛覚』を麻痺させるものだ。代償として思考が曖昧（あいまい）になるデメリットがある。

「まずは後衛である我が、『混乱』の魔法の効果を無効化するでござる」

そう言って追影先生は懐（ふところ）から角笛（つのぶえ）を取りだし、オーガに向けて吹く。

《プォ――――！》

笛の音と共に発生した魔力波が、オーガの体を通り抜けていく。

「今のは『妨害』の魔力波だね。オーガの体を覆（おお）っていた『混乱』の魔法の効果が乱れてる」

「にゃー。あの角笛は忍者の杖なんでしょうか」

《オオオォォ！》

オーガは、今ので先生たちを敵と認識したらしい。一声叫ぶと、２人に向かって走りだした。

「足下注意でござる！　現代魔法・『影縫い（ダークスティッチ）』」

忍装束の胸元から黒いクナイを取りだし、突進してくるオーガの足下に向かって放り投げた。

スタタ！　っと、オーガの影にクナイが刺さると、オーガの体が急にピタッと停止した。

ん？　『捕縛』の魔法の一種かな？　忍術っぽかったけどね。

「動きは封じさせてもらった！　レオル殿！　今でござる！」

「はい！　斬ー！」

身動きの取れないオーガの腹部目掛け、レオルが容赦なく剣を薙ぎ払う。

スパッ！　と抵抗なくオーガの体が真横に一刀両断され、半身となったオーガの体が石畳へと沈み込んだ。

《ヒ、キォォモノオオォォ!!》

オーガは上半身だけになりながらも、耳を塞ぎたくなるような雄叫びを上げた。

やっと喋ったな。混乱の魔法が乱れて知能が戻ったらしい。

舞台がオーガの血で汚れてしまい、ちょっとグロテスクな状態になっていたため、追影先生が隠蔽の魔法でボヤけさせた。

「よし！　見事な剣技でござった！」

「ふっ、当然ですよ！」

にしても綺麗に真っ二つになったたな。

見守っていた生徒も、普段の陽気なレオルからはあの剣技を想像できなかったようだ。

オーガを一刀両断したことを褒め讃える声が聞こえてくる。

「中々の腕前でしたね。しかし、ドミニク様の足下にも及びませんが！」

「レオルは確か、剣の凄いスキルを持ってるとか何とか言ってたからなぁ」

歓声に手を振りながらレオルが舞台を後にした。

ん……？　お坊っちゃま君がレオルと入れ替わりで勝手に舞台に上がってるぞ。しれっとした顔でオーガへと近づいていく。

「ちっ！　オーガなんて全然たいした魔獣じゃないぜー！　舎弟ども、早く写真を撮れ！」

「は、はいっす！」

《カシャ、カシャー！》

ギーシュが切断されたオーガの上半身に足を乗せ、舎弟たちに写真を撮らせている。

あたかも自分が倒したかのように写真を撮影して偽造する気だな。本当にしょうもない奴だなぁ……。

「ギーシュ殿！　やめるでござる！　フラッシュでオーガが起きてしまうでござる！」

「へへーん、パパに自慢するんだー！　大丈夫だって忍者先生。こいつはもう死んでるぜー」

無視して撮影を続けるギーシュ。その足に踏んづけられていたオーガの上半身が、最後の力を振り絞って落ちていた棍棒を握りしめた。

「こ、こいつ、生きてるぅ⁉」

《オ……オオォォ‼》

命懸けで振られた棍棒が、ギーシュのぽっちゃりボディにドス‼　っとめりこんだ。

「うげぇぇ‼」

うへ、痛そう……死体蹴りなんかやってるからだぞ。自業自得だ。

「ギーシュ殿⁉　大丈夫でござるか！」

「「ギ、ギーシュさぁん⁉」」

舎弟と追影先生が、倒れたギーシュのもとへ慌てて駆けよっていく。

ちょっとオーガに殴られたくらいでどうしたんだ……あれ？　顔が真っ青になっちゃってるぞ。

先生がギーシュの脈を確認し、首を左右に振った。

舎弟が溢れる涙を拭（ぬぐ）いながら、胸元にしがみついている。

「にゃー、駄目そうですね」

「えぇ⁇　今のオーガの棍棒にやられたの？　どんだけ脆（もろ）いんだよあいつ……」

「い、いえ……オーガの筋力はそこそこありますので、当たりどころが悪ければ命に関わりますよ。ドミニク様のポーションを飲ませてみてはいかがですか？」

オーガに筋力があるのは間違いないけど、相手は瀕死状態だったのに情けないなぁ。

よっぽど当たりどころが悪かったんだな。

何にせよ、授業中に問題が起きると追影先生の責任問題になってしまう。不本意だけど手を貸そう。

エリクサーの瓶の蓋を外して振りかぶり、観客席から放り投げた。

「初級魔法（オリジナル）・『ミスト』」

『霧（きり）』の魔法陣を描き、空中で瓶から飛び出したエリクサーを霧化させた。

ブワッと霧が発生し、仰向けに寝ていたギーシュの口の中に霧化したエリクサーが吸い込まれていく。

顔色が一瞬でよくなり、治療薬の効果で満たされた体が輝き始めた。

「……はっ！　ぼ、僕は生きてるのか……⁉」

ようやく目を覚ましたギーシュ。ぽっちゃりボディを触って打撲痕を確かめている。

「ギーシュ殿！　無事でござったか！」

「ギ、ギーシュさんがあの世から生還したぞぉ‼　ふ、不死身だ！　ギーシュさんは不死身なんだ！」

「ここに『不死鳥のギーシュ』が誕生したぞ！」

ふぅ、元気になったみたいだな。まっ、あのギーシュが簡単にくたばるわけないか。

シュババ！　っと影が僕の前に高速移動し、観客席の手すりにいつの間にか追影先生が立っていた。

「今の霧の魔法はドミニク殿の仕業でござるな。エリクサーがなければ最悪の事態に陥っていたかも知れぬ……感謝するでござる」

「ギーシュも少しは懲りたんじゃないですか。あのくらいの怪我なら問題なく回復できるので任せてください！」

「どう見ても一回死んでましたけどね」

エリクサーは回復力Sランクのポーションだ。死に至る寸前の重傷を負っても、数秒以内であれば一瞬で完治する。

死にかけたギーシュを授業に戻すわけにもいかず、念のため、舎弟たちの運ぶ担架に乗って養成学校に戻っていった。

トラブルに見舞われながらも追影先生とレオルによる実演が終わり、次は他の生徒たちの番となった。

「さっきの見たかよ……棍棒が腹にめり込んでたぞ」

「うぇ……次は誰がやるの？」

ギーシュの事故ですっかり怖気(おじけ)づいてしまったAクラスの面々。

譲り合いばかりで順番が決まらず、先生も困り果てていた。

生命の宝玉は、触れた人物の魔力を吸い取って魔獣を召喚しているので、実演するペアによって戦う魔獣は異なる。

教員クラスでCランクの魔獣なら、新米の僕らがそれほど心配する必要はないのにな。

そのとき、聞き慣れた能天気な声がコロセウムの静寂(せいじゃく)を破った。

「はーいはーい！　先生ー！　私たちがやりまーす」

「カレンちゃん、本当に大丈夫なのかなっ？」

自信満々にカレンとリーシャが階段を下りていく。

チラっと、カレンが僕にアピールするみたいに口角(こうかく)を緩めた。

あのカレンの表情は、何か秘策があるときの顔だな。カレンは魔力0だし、リーシャもほとんど魔法が使えない。

正直、戦闘向けのペアだとは言い難いので心配だ……。

「そういえば、適性武器の授業のときも２人は一緒だったな。２人共ろくに魔法が使えないのにどうやって武器を作ったんだ？」

《創造主ドミニク様。カレン様の武器なら我が作りましたが何か？》

不意に『通信』の魔法が耳元に響く。

一瞬、ルミネスの声かと勘違いしたけど、この声はダークスピリットの仕業か。

またカレンの企みに付き合わされて、武器作りまで手伝わされたようだ。

２人が舞台に上がり、祭壇へと向かって歩いていく。

「にん！　では、料理部ペアの実力を拝見させてもらうでござる。どちらかが宝玉に触れると魔獣が召喚されるでござる」

「はーい。私がやりまーす」

追影先生が見守る横で、カレンが宝玉に手を触れる。

モクモクっと煙が上がり、闘技場の中央に黒い召喚陣が現れた。

先生の魔力波に似てるな。でもさっきとは大きさも形も違うし、それほどの脅威は感じないな。

《グゥー……》っと弱々しい鳴き声がし、召喚陣から悪魔の魔獣『インプ』が這いでてきた。

「なにあれキモー！」

「きゃ～、小鬼だっ！」

キャーキャーと昆虫でも見つけたみたいに叫ぶ女子2人。全く緊張感を感じない。

現れたのはオーガよりも下級のインプ族だ。

カレンは忍の血が半分流れているので、魔族が召喚されるのも納得だ。

討伐ランクはD。

背丈は女子にしては長身のリーシャの腰より下と、子供サイズの小悪魔だな。皮膚は墨色で、尖った耳に長い尻尾が生えている。

ルミネスが、インプの魔力波を読み取って考察を始めた。

「あのインプは物理攻撃を無効化する結界で体を守っています。先にその結界を破壊しなければ、あのひ弱な人間に勝機はありません」

「結界を破壊する魔法は授業で練習してたし、ダークスピリットもついてるから大丈夫でしょ」

召喚されたばかりでボーっとしていたインプが、目の前で騒いでいる2人に気がついた。

《グアッ！》

「にん！　油断すると危険でござるよ！」

「リーシャ。魔法は任せたよー」

「は、はいっ！」

インプを警戒して追影先生が声を上げる。リーシャとカレンがそれに応えた。

さっきの追影先生たちと同じ手順でやるようだ。

魔法を使うのはリーシャか。

訓練用の小さな木の杖を片手に持ち、『現代魔法の書』のページを開いている。

「うまくできるかなっ。現代魔法・『ジャミング』」

魔法陣から発生した魔力波が空間を歪めながらインプの体を通過すると、体を包んでいた結界の保護がパリーンっと音を立てて弾けた。

《グァァ⁉》

成功だ。

リーシャも魔法がうまくなったなー。

後はカレンが前衛として敵を倒すだけだ。

《ガァァ！》

保護の魔法を消されたインプは怒り、翼を広げてリーシャへと飛び掛かった。

「次はカレンちゃんの出番だよっ！」

「おっけ〜！」

カレンが制服のポケットから透明な短剣を取りだした。

あれはダークスピリットが作ったっていう例の短剣だな？　鈍器よりマシだけどそこそこ地味だな。

刃先を天に掲げカレンが叫ぶ。

「やっちゃえダークスピリットー？」

《やってやりますが何か？》

精霊石からダークスピリットが実体化し、カレンが天に掲げている短剣の中へと潜り込んだ。

その瞬間、カレンの周りにブワーッ！　と吹雪が巻き起こり、襲い掛かってきたインプを場外へ吹き飛ばした。

《ガアッ⁉》

周囲の氷のエレメンタルを吸収しながら、短剣の刀身が氷を纏って伸びていく。

仕上げといわんばかりに、剣の鍔から漆黒の翼がバサーっと生えてきた。

あの翼はダークスピリットのものか。地味な短剣が氷の長剣へと変貌を遂げた。

「ふふん～。見て見て、氷の剣だよー」

「おおっ。凄いよカレンちゃん！」

《我の魔法ですが何か？》

あの短剣が今回の秘策か。

ダークスピリットのやつ、鬱憤が溜まってまた舞台を氷漬けにするつもりじゃないだろうな。

吹雪いた氷の残骸が頭に張りつき、ルミネスが鬱陶しそうに猫耳を叩いた。

「融合精霊であるダークスピリットは主人以外を媒体とすることで、精霊としての本来の力を発揮できるのですね」

「そうみたいだね。カレンと融合すると魔力に制限が生まれてしまうから、本来の力が出せなかったんだ」

カレンは、ダークスピリットとの息の合ったチームプレーで魔法陣を描き、高らかに詠唱する。

「《精霊魔法・空間魔法・『スピリット(精霊)・オブ(の)・アイスエイジ(氷河期)』》」

ガキーン！　っと冷たい音を立てて3つの半透明の氷の柱が闘技場に突き刺さった。

一気に気温が下がり、空からふわふわと白い雪が舞い降りてくる。

「雪でござる……？　この魔法は、季節を変える『空間魔法』でござるか！」

「さむぅ！　急に気温が下がってきた」

「見ろ！　今の今まで暑かったのに雪かよ……」

これは、古代魔法の『霜降る(フロスト)・氷河期(アイスエイジ)』を真似(まね)た氷の精霊魔法か。これで魔法の使えないカレンでも自由に氷魔法を操ることができるぞ。

吹き飛ばされていたインプが、再び舞台へと上がってくる。

そしてインプは、魔法による攻撃の姿勢を見せた。

《ガアァ……カゲヨ！》

インプが指先をくるりと回す。

すると、インプの背後にできていた影が操られ、矢のように形を変えて放たれる。

「攻撃してきた！　やっつけてダークスピリット！」

《ぶった斬りますが何か？》

剣と融合したダークスピリットが、カレンの腕を力任せに引っ張る。

スパンッ！　と影が断裂し、切れ後からカチコチと影が凍りつく。

「どうだー！」

ドヤ顔してるけど、危なかったな。

今のカレンの肉体とダークスピリットは融合していないため、非常に脆い。

カレンが反撃に移る。

剣を振りかぶると、アイスエイジの魔法の効果によって頭上に大きな『氷柱の槍』が生成される。

「やっちゃえー！」

《漆黒の宴が始まりますが何か？》

剣が振り下ろされ、発射された氷の槍が空中で分裂を繰り返し、『数百の氷槍』となってインプに降り注ぐ。

《ア⁉　……アア、アアアー》

ズドドドド！　っと数百の氷槍は闘技場の床を破壊しながら突き刺さり、巻き起こった砂煙が視界を奪う。

倒したみたいだな。

砂煙の中から弱々しいインプの断末魔が聞こえてくる。

「あの……ドミニク様？　あの魔法が使えるなら、最初に結界を破壊する必要はなかったのでは？」

「うん。張られてたのは物理結界だしね」

砂煙が晴れて舞台の様子が見えてきた。

インプは跡形もなく消えちゃったな。

足場をボロボロにしたのはやり過ぎなので、ダークスピリットには今度、無機物を修復する魔法を教えておこう。

「カレンちゃんっ……私がジャミングした意味はあったのかなっ？」

「はは……ごめんー」

《無意味でしたが何か？》

騒ぐカレンたち。

観客席のみんなは置いてけぼり状態で、シーンッとした冷たい空気が漂っていた。

みんな呆れ返っちゃってるな……。

「にん……ぜ、前衛も後衛もないでござるな……」

「氷の槍で滅多刺し……あれがドミニク式討伐法か……斬新だな」

「いや、ドミニクの幼馴染にしては地味じゃないか？」

「みんなもう慣れてきてるけど、あれは異常だからな……」

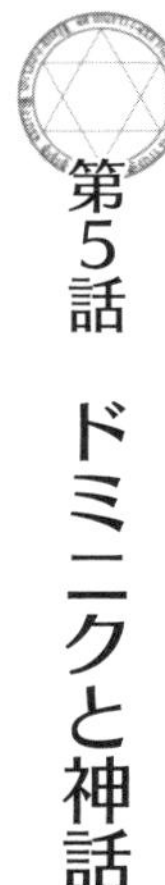

第5話　ドミニクと神話級

他の生徒の魔獣討伐の実演が進んでいく。

後衛が魔法で隙を作ったところに前衛が切り込む。息のあったコンビネーションに魔獣も為す術なしといった感じだ。

「またラビットが召喚されたぞ」

「これなら楽勝だぜ」

先生とレオルが倒したオーガ族に比べると、弱そうな魔獣ばかり現れるな。

中でも多く召喚されていたのは、ラビット族やウルフ族などの低ランクの魔獣だ。

魔族系の魔獣は、厄介な『保護魔法』で身を守っていたけど、その他の魔獣は図体が大きいだけで、多くの生徒が『捕縛』の魔法で動きを封じる戦法をとっていた。

「にん……そろそろか。次はドミニク、ルミネスペアに実演してもらうでござる」

「ついに僕たちの番だ。行くよルミネス」

「はいドミニク様！」

観客席をぐるっと回り、生命の宝玉がある祭壇の近くから下へと飛び降り、舞台へと上がった。

床の石畳がカレンのせいでボロボロになってしまっていたので、代わりに僕が直しておこう。

地面に手を触れて『思考形成』の魔法を放つと、石畳が変形して亀裂が塞がっていく。

よーし、修理完了だ。あまり目立ち過ぎないように注意しないとな。最近ただでさえ変な噂(うわさ)が広まって迷惑してるんだ。

そう顔を強張らせていた僕に、先生が気をまぎらわそうと声を掛けてくれる。

「にん。何かあれば我が対処するでござる！」

「先生……ありがとうございます」

「にゃ？」

ルミネスは目配せする僕と先生を不思議そうに見ていた。

「これが生命の宝玉か……近くで見るのは初めてだな」

魔獣を生みだす祭壇を観察してみる。

闇のオーラが溢れだしていて不気味だ。透き通った宝玉の内部には虹(にじ)色の光が輝いている。

「うーん、問題はどっちが宝玉に触れるかだね。ルミネスはどう？」

「私は魔神ですので、オーガ族より厄介な魔獣が出てくる可能性は捨て切れませんよ」

オーガは駄目だ……デカ過ぎる。

他の生徒はお手頃サイズのウサギと戦ってたんだ。僕だけ巨人と戦ったら変な意味で話題になってしまう。

「オーガはちょっとなぁ。宝玉に刻まれている魔法陣に介入して、ラビット系の魔獣を召喚で

いた。

手を伸ばし、宝玉の上に掌をポンっと置いた。その瞬間、威圧感のある囁き声が頭の中に響

とりあえず、宝玉に『解析』の魔法を通してみるか。

「にゃぁー。魔法陣に介入ですか……想像しただけでも難しそうです」

きるか試してみるよ」

《古代の魔力を感知した……地味な少年ヨ。オマエを待っていたゾ……》

え……ナニコレ？　変な声が聞こえてくるぞ！

僕の手を伝い、先に宝玉の方から脳内に語りかけてきた。

「ドミニク様？」

「まって。妙な声が聞こえるんだ……」

まさか宝玉に封じ込められた伝説の魔獣とかが勝手に出てきたりしないよね？　いや……そもそも、声が聞こえたのだって単なる気のせいかも知れない。

とにかく、変なのが出てくる前に魔法陣に介入しないと！

《気のせいではナイ……少年ヨ、その古代の魔力をヨコセ》

焦る僕の心情を知ってか知らずか、今度はハッキリとした声が宝玉から聞こえてきた。

「やっぱ喋ってる!?　何だコイツ！」

「にゃー!?　宝玉が勝手に揺れてますよ！　ポルターガイストです！」

言葉を喋る宝玉か！　闇のオーラがさっきより更に強まってきた。

「カラスの群れが飛び回ってる！」

「ブーツの紐が急に切れたぞ！」

「空が闇に包まれていく……天変地異の前触れか？」

みんなも、不吉な現象を目の当たりにして騒ぎ出した。

「まさに青天の霹靂でござる。授業を中断すべきか……」

晴天だった空に雷鳴が鳴り響き、不気味な黒い雲がコロセウムを覆い始めている。

「「カーカー！」」

「「ニャー」」

げっ！　カラスと黒猫まで集まってきた！　っていうか、不吉な兆候ってこんな露骨に現れるもんなのか!?　おかしいだろ！

「にん……黒い魔獣は不吉を呼ぶ。これはもしや天変地異の前触れかも知れぬ！　いつ魔王が召喚されてもおかしくない状況でござる」

先生が背後からボソボソと縁起でもないことを言って不安を煽ってくる。

ぜ、絶対に魔王なんて召喚してたまるか!!

突然、《オオオォォ!!!!》とけたたましい声が響き、巨大な『天空魔法陣』がコロセウムの遥か上空に浮かび上がった。

今度は天空魔法陣か……何が召喚されようとしてるんだ？

ゴゴゴゴ！　っと、大気を押しのける音が聞こえ、空に漂う魔法陣から謎の『黒い隕石』が飛び出した。

「にゃー。何か落ちてきますね」

僕らの立つ闘技場に向かって、物凄い速度で落下してきている。

不測の事態に備えていた先生が、危険を察知して『拡声』の魔法を発動させた。

「あれは我では止められぬ！　全員伏せて衝撃に備えるでござる！」

「「ひぃぃぃぃぃ!!」」

「隕石が降ってくるぞぉ！」

何だこの状況は……ウサギサイズの魔獣を呼ぶつもりだったのに、隕石が降ってくるなんて聞いてない……。

しかもあの隕石……卒業式まで語り継がれそうなレベルでデカいぞ。

絶望して立ち尽くす僕のすぐ目の前に、巨大な隕石がとてつもないエネルギーを纏って落下した。

「ドミニク様に無礼なのだ！　にゃ!!」

咄嗟に、ルミネスが僕の前方に防御結界を張り巡らせた。

その瞬間――――ド――――ン!!!!　っと、大きな衝撃波がルミネスの張った結界に衝突した。

巨大な地割れが起きて舞い上がった砂煙が、一瞬で視界を覆っていく。

地面が割れて、足場にできた亀裂がビキビキとコロセウム全体に広がっていくのが伝わってくる。

おおっと、このままじゃ闘技場が崩れそうだ！

「先生ぇ！　亀裂が迫ってくるよぉ！」

「助けてぇ！」

「今助けるでござる！」

あちこちで助けを呼ぶ声が聞こえる……カレンのやつは無事か？　もう、ウサギがどうとか言ってる場合じゃないな。

ここまでの事態になってしまった以上、どんな魔獣が現れても一緒だ。さっさと宝玉の中に『強制送還（ゲットホーム）』してもらおう！

《数千年ぶりの外の世界ダ……空は変わらず美しいままだ……》

野太い声が聞こえ、周囲を覆（おお）っていた砂煙が晴れていく。さっきまでの不吉な兆候も消え、いつの間にか空が晴れ渡っていた。

ルミネスが手で光を妨（さまた）げながら、眩（まぶ）しそうに空を見上げた。

「奴が今の地震の正体ですか……私が今まで出会った魔獣の中では一番大きな種族です」

「いやー、予想外にデカいね……」

僕たちの目の前に20M級の漆黒の巨兵が聳（そそ）り立っていた。

これは魔獣なのかな？

パっと見た感じ、お屋敷に飾られてる像みたいで、命が宿っているようには見えない。

爪先からてっ辺まで、巨兵の体を構成する全てが黒曜石（こくようせき）でできているみたいだ。

ギラッ！　と巨兵が琥珀色の眼光を放ち、いきなり僕を睨みつける。

《オレは石像などではない……生まれは遥か東の地、残した伝説は数知れず。名をタイタンと言う》

勝手に心を読んでまでくる……宝玉の魔法陣に介入しようとしたときに、僕の魔力にリンクされたみたいだな。

こう見えて繊細な魔法が使えるらしい。

「ニャ！　奴はまさかぁ！」

ルミネスが興奮気味に、鞄から神話に関する本を取りだした。

「サラッと自己紹介されましたが、奴は神話級の魔獣タイタンです！　この本に載っている絵にそっくりです！」

「そんな都合よく神話級の魔獣が現れるのかなー……」

《空気中の魔力がまた減っているな……宝玉に封じ込められてから数百年は経ったか？　しかし、悠久の時を生きる神話級のオレからすれば、数百年など人間時間の数分に過ぎぬ》

ベラベラと勝手に語り始めちゃったぞ。まぁ外気に含まれる魔力は微々たるものだけど年々減少しているからな。そこから月日を読み取れなくもない。

そういえば、神話の本に、生命の宝玉から神話級の魔獣が召喚された説があったっけ？　あれが神話級の魔獣だとしても、他にも情報が欲しいところだ。

タイミングよく、箒に跨ったウーリッドが空から降りてきた。

「非常事態……タイタンが現れた……！」

「やぁウーリッド。神話級の魔獣が現れたみたいだね」

「奇跡……それとも幸運……？　ドミニクくんが光ってる……？」

　ウーリッドが、僕のブレザーの胸元をジト目で見つめている。

　何だ？　制服のポケットの内側から黄金の光が滲(にじ)みでている……こ、これは！

　ウーリッドからもらった『幸運の魔法石(ラッキーストーン)』だ。もしかして、こいつの幸運があの巨兵を呼び寄せたってのか。

『追憶(リコレクション)』の魔法を完成させるには、神話級の魔獣の素材が必要不可欠だ。これは素材ゲットの貴重なチャンスだ！

　でもこのままじゃ、他の冒険者やギルドの職員が集まってくるかも……とにかく目立って仕方ないので、さっさとお引き取り願おう。素材は人がいないときに回収すればいいしね。

　祭壇の宝玉に向かって『強制送還』の魔法陣を刻んでいると、横からタイタンの巨兵が声を掛けてきた。

《オレは真実を見定める『神眼(ゴッドアイ)』を持っている。どうやら、このタイタンと一戦交える覚悟があるようだな。くくっ、恐れを知らぬ小僧よ》

　……目が曇ってるな。

　僕は戦う気なんてさらさら無いし、この強制送還の魔法陣が見えないのかな？

「ドミニク様。今の揺れを見た限りですが、強制送還の途中で暴れられたりしたら遺跡が崩壊する危険があります」

「困ったなぁ。『落雷（サンダーボルト）』の魔法を頭に落としてみようかな、あの図体じゃ躱（かわ）せないでしょ」

「それ可哀そう……倒れてきたら危ない……」

タイタンの落下の衝撃で闘技場は亀裂で崩壊寸前だ。

さっきの地割れはタイタンが落下時に発動させた魔法によるものか、空気中のエレメンタルが酷（ひど）く消費されている。

「この本によると、タイタンはその足を1歩踏み出しただけで、『破滅の地震』を引き起こす特殊スキルを持っているそうです」

「歩いただけで地震が起きるってこと？　なんつー迷惑な魔獣なんだ……何か弱点とか書かれてないの？」

「タイタンは地震スキルの制約により、1歩進むのに数年規模の膨大な魔力を消費します。即ち、落下時の地震で大量の魔力を消費したと考えれば、次の地震でタイタンは完全に魔力を使い切って動けなくなるでしょう！」

諸刃（もろは）の剣（つるぎ）だな……次で魔力が切れるといっても闘技場のダメージは深刻だ。

もう一度さっきの規模の地震を起こされたらコロセウムが崩壊してしまう。

まだ考えも纏（まと）まっていないっていうのに、観客席から囃（はや）し立てる歓声が上がった。

「ドミニクが神話級のタイタンとやりあう気だぞ！」

「一歩も引いてねぇ！　サイコパス同士の殺し合いが始まろうとしている！」

全員、タイタンと同じ神眼だな……傍から見ると僕ってそんなに好戦的な人物に見えるのかな。

《征くぞ小僧！　オレの歩みは天変地異に匹敵する地震を呼び起こす！　ヌン‼》

グラァっと巨大な重い足が持ち上げられると、空気中のエレメンタルが乱れて暴走し突風を巻き起こす。

「にゃぁ⁉」

「きゃ……っ⁉」

風圧に堪えきれず、ルミネスとウーリッドが闘技場の壁際まで吹き飛ばされた。

《小僧！　全てを破壊するこの神話級の一撃を受けてみよ！》

凄い風だ……勝手に盛り上がってるけど、とにかく一撃だけしのげば全て終わるんだよね。

ババババ！　っと2つの魔法陣を瞬時に描き、足場のひび割れた石畳に両手をつく。

亀裂を修復し、足場の石畳をオリハルコン級の硬度まで上昇させる。

ついでに耐震強度を極限まで引き上げてっと！

「究極強化魔法・『オリハルコンマテリアル！』」

詠唱と同時に、タイタンの巨大な足が闘技場に叩きつけられた。

ガキーン‼‼　っとガラスが割れる音が響き、タイタンが振り下ろした足が石畳の強化魔法の保護を砕き飛ばした。

《ただの強化魔法で防ぐつもりか！　身のほどを知れ愚かな少年よ！》

げっ!!　これでも駄目なのか！　踏ん張れ僕！　エリシアス三大遺跡の一つが壊されたら退学もんだぞ！

《ぐあぁぁぁ!!》

突然、タイタンが悲痛な叫びを上げてつま先立ちをした。

え？　地震は起きてないな。

さっき追影先生が投げた鉄のクナイが、タイタンの足裏に画鋲のごとくグサリ！　と刺さっていた。

アレのせいか……僕の魔法の影響を受けてあのクナイもオリハルコン級に強化されちゃってたのか。想像を絶する痛みだろう……。

《オレの1歩が妨げられたのは初めてだ……この踵の痛み、生涯忘れることはないだろう。キサマを好敵手と認めよう》

なんか画鋲の痛みで認められたぞ。よく分からないけど、遺跡崩壊の危機は免れられそうだ。

「咄嗟に床を強化させるとは、流石ドミニク様です！」

「2人の間に友情が……」

ルミネスとウーリッドに怪我はなく、隅っこで僕とタイタンのやり取りを見届けていた。

タイタンは誇らしげに空を見上げ、遠い目をしている。

《……オレの魔力は完全に底をついた。再びこの肉体に魔力が満ちるまで10年の月日を要するだろう……》

「10年ですか？　それは途方もない年月ですね」

語り始めちゃったけど、この魔獣、ちゃんと宝玉の中に帰ってくれるんだよね？

適当に話を聞き流していると、タイタンが歴戦の友に誓うかのように宣言してきた。

《案ずるな小僧！　決闘を途中で放棄するなどこのタイタンにあらず。魔力が満ちるまでの10年間、一歩も動かずここでオマエを待ち続けよう。これは男同士の誓いだ！》

「えぇ⁉　ここで10年待つつもりですか⁉」

《うむ‼》

め、目がマジだ……ここは学校の施設なんだぞ。

10年間も待たれたらたまったもんじゃない。こうなったら全力でお引き取り願おう！

《そのときが来たらもう一度この決闘の続きを――》

「結構です‼　初級魔法（オリジナル）・『アトモスフィア・デス・ジャッジメント‼』」

ズドーン‼‼　っと、タイタンの足元で空気の圧力を爆発させると、大規模な上昇気流が発生する。

《少年ヨォォオオォ‼　話を聞けェアァァァ⁉》

中途半端に飛ばすと落下地点で地震が起きちゃうので、二度と落ちてこないように星の彼方まで飛ばしとこう。

キラッ！　っと、魔力全解放の上昇気流に流されて星となったタイタン。

その星を見上げながら、生徒たちが声を揃えて叫んだ。

「「タイタンを打ち上げたー!!」」

「見たか人間ども！　あれがドミニク様なのだ！　会話の途中で無慈悲にズドーンなのだ！」

「にん！　我がクナイを利用して神話級の攻撃を防ぐとは、実に見事な作戦でござったな」

うーん、何か僕が凄いことを成し遂げたみたいな空気になってるな。

でもよかったよかった！　あんなのと再戦の約束なんて交わしてたまるか！

ウーリッドがタタタッと駆け寄ってきて、僕の制服の袖を引っ張った。

「ドミニクくん……あそこ……空から石が降ってくるよ」

指さす先の上空に見えるのは太陽光に反射して黒光りする石だ。

空から降ってきたそれを、見事に両手でキャッチした。

「これはまさか……タイタンの素材か？」

ジャッジメントの魔法で砕けたタイタンの体の一部が、落下時に空気の摩擦で研磨されて魔法石に変わったのか。

「歪な形だけど、これは黒曜石でできたタイタンの魔法石だよ！」

「神話級の素材が手に入るだなんて……」

その後、みんなでコロセウムの補修作業を行い、綺麗にしてから授業を終えた。

ふぅ……散々な目にあったな。まぁ、神話級の素材も手に入ったし結果オーライか。この調子ならルミネスの記憶が戻る日も近いかもな。

「にゃ？　ドミニク様、どうかなされましたか？」

「いや、なんでもないよ」

不思議そうに顔を覗（のぞ）き込んでくるルミネス。

その日が来るまで、追憶の魔法のことはルミネスには秘密にしておこう。

第6話　部活対抗戦

「予約希望の手紙がこんなに沢山届くとはね。販売用の容器も足りないな」

「あー……どうしようドミニク君！」

わしゃわしゃと、柔らかそうな髪の毛をアイリスが掻き乱している。

突如として、薬草研究会宛に殺到したポーション買い取り希望の手紙。うちの研究会では人手も揃わず頭を抱えていた。

「もう私たちだけじゃ捌き切れないよ。エリクサーだけでも何とかならないかな？」

「そうだね。他のポーションは一旦考えないで、とりあえずエリクサーの販売を優先しようか」

手紙を確認する僕らの背後では、ガシャンガシャンと魔導調合器がフル稼働で『エリクサー』の生成を行っている。

エリクサーの元となる特殊レッドハーブは、調合時に致死量の毒を放出する危険性があるため、知識のない人間が扱うのは危険だ。

学会メンバーと王族による協議の末、薬草学の知識に優れた特定の調合師にのみ取り扱いを認めると定められた。

「ドミニクくーん！　アイリスちゃーん！　朗報よー！」

ドタバタと部室に戻ってきたルイス先生。

「突然どうしたんだろ？」

「この忙しいときにねー……」

『薬草学部』と金箔で大きく書かれた認定書が誇らしく掲げられ、ルイス先生が高らかに宣言した。

「ついに薬草研究会が正式な部活動として認められたわ！」

え……まだ正式な部活動じゃなかったのか⁉　アイリスも凄（すさ）まじいほどの呆れ顔を見せている。

自分で言うのもなんだけど、エリクサーを作ったり王都に行ったりと、積極的に活動してたんだけどな。

アイリスも先生の相手に疲れたらしく、ハーブの葉を順番に千切って、お得意の『薬草恋占い』をしている。

入学してすぐの頃なら朗報だったんだけど、今更それを聞かされても一向に気が乗らない。

実は、部活へのモチベーションがとても下がっていた。

『王宮調合師』の称号をもらった僕は、アイリスと一緒に王宮の施設で研究を行わせてもらえることとなっている。

ぶっちゃけ、この部室で活動をする意味がなくなっていた。

おっと、そろそろエリクサーが完成するな。

調合器を停止させ、手際よくババっと梱包作業を行う。配送先の書かれた紙を貼りつけて、アイリスと爽快にハイタッチした。

《パーンッ！》

「「お疲れさまー！」」

「ドミニク君はこの後どうするの？　商店街でタピオカミルクティー飲んで帰ろうよ」

「そうだね！　特に予定もないし」

「駄目よ！　そんな流行りもの飲んでる暇があったら部活しなさい！　今から各部活動の予算を決める大事な会議があるんだから！」

「「えー」」

半ば強引に予算会議の資料を押しつけられ、部室から追い出された。

「予算会議ねぇ……部費ならエリクサーの売り上げで賄えてるから充分なんだけどね」

「だよねー。まっ、もらえるものはもらおうの精神だよー」

現在の薬草学部の部費は0。

正式な部活動と認められた薬草学部には、今まで支給されていなかった『部費』が学校側から支給されるようだ。

とはいっても。僕もアイリスも元から熱心な薬草オタクなので、調合に使う道具はハーブを含めて持ち込みで全て揃ってるんだけどね。

今日はその予算を決めるために、各部活動の部長と副部長を集めて会議を行うんだとか。

「げっ！　予算会議には生徒会も参加するって書いてあるよ」

「うそぉー？　ピクシー会長たちもいるんだね」

薬草学部の部室から、1年の校舎の表側に回る。

1年の校舎の隣には上級生の校舎がある。予算会議を行うのは、あの上級生の校舎の2階にある空室だ。

「見ろよあいつ……課外授業でダチョウを飛ばしてたっていう噂の1年だ」

「ダチョウを飛ばす？　何だそりゃ」

校舎に入ると、すれ違う上級生が僕の顔を見てヒソヒソと噂していた。

偶然にも、砂漠でのタイムアタックで歴代を超えるベストレコードを出しちゃったからなぁ。

あのとき、上級生は新入生のサポートに回ってくれていたので、僕の顔は覚えられてるみたいだ。

絡まれる前に急ごう、会議室は階段を登った先だ。

会議室の近くまで来ると、上級生の男子生徒が参加者の受付をしているのが見えた。

あそこが予算会議の受付か……ってあれは！　生徒会のジェイコブ先輩じゃん！

一番会いたくない人物に速攻で出くわすなんて……運がないな。前に僕が、事故で噴水に放り込んじゃったこと、もう根に持ってないよね？

「よぉ……薬草研究会のドミニク・ハイヤード」

「こ、こんにちは……」

僕の顔を見るや否や、わざわざいつもの仏頂面になって迎えてくれた。

「無知なお前に忠告しといてやる。部費は正式な部活動にしか与えられないんだよ。お前たちの部活はまだ研究会だったよなぁ？」

「いえ、それが正式な部活動として認められたらしくて……顧問のルイス先生がそう言ってました」

「そうですよ！　ドミニク君に変な言い掛かりをつけないでください」

「黙れ。そいつの口から出た言葉なんて1つも信用できるか！　とにかく帰るんだ！　しっし！」

手の甲で虫を払うみたいに邪険にされる。よっぽど僕らと関わりたくないようだ。僕も同じ気持ちだけどね！

「俺の拳が火を吹く前にここから立ち去れ。ふっ、3秒だけ待ってやろう」

拳にハーっと息を吐きかけて執拗(しつよう)に威嚇(いかく)してくる。

この短気なジェイコブ先輩は妖精言語部の副部長で、ピクシー会長の取り巻きの1人だ。

当然、薬草研究会が正式な部活動として認められたことは知っているはずだ……僕たちを追い出して予算会議を不参加にさせるのが狙いだろう。

一向に引く気配を見せないジェイコブ先輩に負けじと、僕も気合いを入れて睨(にら)み合っていた。

「ジェイくん。そこまでにしておきなさい。薬草研究会は薬草学部と名を改め、正式な部活動として認められたわ」

喧嘩を見かねてか、会議室の中からピクシー会長が出てきた。

「か、会長！　でもこの1年が！　……ちぃぃ！　覚えてろよ」

ぶつぶつと文句を言いながら、受付表にチェックを入れる。

また先輩を怒らせちゃったかな？　性格がギーシュに似てるから絡みにくいんだよなぁ。

先輩の視線を背中に感じながら、ピクシー会長に案内されて会議室の中へ入る。

「ジェイくんが迷惑をかけたわね。せめてものお詫びに、これを受け取ってもらえるかしら？」

会長が肩を竦め、申し訳なさそうに何かの書類を渡してくる。

「何ですかこれ？　予算の書類じゃないですね」

「案内の紙じゃないの？」

案内の紙でもない……生徒会の選挙に参加するための立候補届だ。しかも2人分……。

「生徒会は優秀なる貴方たちを歓迎するわ。いつでも立候補しにいらっしゃい」

「「いきません」」

選挙なんかに出たら目立っちゃうだろ。

席に着き、予算会議が始まるのを待つ。

会議室には、うちの学校で一番優遇されている妖精言語部のピクシー会長を筆頭に、見知った顔のフレバー先輩や、他の部活動の部長、及び副部長が集結している。

「ちっ！　まだ会議は始まらないのかよ。プラネックス家の次男であるこの僕を待たせるなんて、この学校の奴らは常識がないのか！」

げっ……あのうるさい金髪七三ヘアーは、ギーシュか。あいつも占い部の副部長だったっけな。

「占い部、ギーシュ・プラネックス。会議室では口を慎むように」

場を仕切っているのはイルベル教頭だ。無表情の眼鏡の奥からギーシュの行動をしっかりと監視していた。

ルーシス校長を除けば、うちの連中をビシっと纏められるのはあの人くらいか。

そろそろ時間だな。先生が時計を確認し、予算会議の始まりを告げる。

「では、今から予算会議を始める」

「「よろしくお願いします」」

「基本的には、各部活動に与えられる部費は例年に準ずる。それを基準に公平な話し合いを行い、部費の増減を決定する」

ちょっと心配してたけど、話し合いなら問題ないな。決闘をして生き残っていた者に全ての部費を与える！　とかあの校長なら言い出しかねなかったし。

普通に会議するだけなら、波風立てないように黙ってればいい。

イルベル教頭は、机に開いた予算のリストを慎重に確認している。

「まずは占い部からいこうかな。占いの魔導具は各種揃っているし、去年に比べて部員はさほど増えてはいない。よって、予算は前年度と同じく2万Gだ。異論があれば申し出てくれ」

「去年と同じなら問題ありません」

質問に応えたのは、ギーシュの隣に座っていた占い部の部長さんだ。

占っていた予算が的中したらしく、カードをめくりながらフッと笑みを浮かべている。

「た、たったの2万だとぉ！　ははぁーん？　みんな僕のパパが誰だか忘れちゃってるなー？」

ガタガタガタッと、わざとらしい貧乏ゆすりが机を揺らす。

お坊っちゃま君は、2万Gじゃあ不服だと言いたいらしい。副部長なのに出しゃばった真似していいのかね？

「みんなー？　僕はあのプラネックス家の次男なんだぜ？　占い部の部費が増えれば、うちの家紋を校舎に飾ってやってもいいんだぜ？」

「却下だ！　口を慎めと言ったはずだよギーシュ・プラネックス。次、妙なことを口走ったら強制退場させるからね」

「我が部には家紋など不要です」

「なっ!?　僕の家紋がぁ！　くそくそくそ！」

部長に即却下され、地団駄を踏んで悔しがっている。占い部の予算は満場一致で例年通りとなった。

あいつはどこにいても邪魔しかしないな……家紋どうこうの前に、減額されなかっただけマシだと思ってほしい。

ギーシュに呆れながら周りを見回すと、ウーリッドの姿がないことに気づく。

魔導具部の部長はウーリッドだって聞いてたけど、今日の会議には参加していないな。

「イルベル教頭、魔導具部の姿が見えませんけど、たまたま欠席なんですか？」

「いや、魔導具部は売店の赤字を学校側が負担し続けているからね。トム先生からの申し出があって、部費はなしだ」

あらま……結構深刻な事態になってたんだな。

この間の伐採クエストのときに大気竜の素材を大量に手に入れたから、トム先生の財布は潤ってると思うけど、ちゃんと学校に申告はしたのかね……。

「では次。鍛冶部の部費も特に変わりなく20万Gだ。内訳は配った紙に記載されている」

「わかりました。授業で採取した鉱石は鍛冶部で使わせてもらっていますし」

ふーん。武器の素材となるインゴットなどの消耗品と、雑費で20万Gか……高いのか安いのかよく分からないな。

その後も部費の発表が続いていく。

「美術部の予算は５０００Gだ」

「異論ありません」

この学校って美術部まであったのか……もう何でもありだな。

異論を唱える生徒は特におらず、スムーズに会議が進行されていく。

イルベル教頭が初めに言った通り、ほとんどの部活が例年通りの予算で納得する形となっていた。

最後は名を改めた『薬草学部』の発表か……。

うちの部は2人だけだし、予算をもらうのも悪い気がするんだけどね。

「さて……残すところは薬草学部の2人だけか……」

唐突にリストを閉じ、深刻な顔で一呼吸置いたイルベル教頭。

「彼らは少人数の研究会ながら、活動1ヶ月足らずで輝かしい実績を残し、今年から薬草学部の名で正式な部活動として認められた。まずはお祝いの言葉を送らせてもらう」

ギーシュとジェイコブ先輩以外の参加者から、お祝いの言葉と小さな拍手をもらった。

こうやって改めて学校の連中からお礼を言われると何だか照れ臭くなる。

ん？　イルベル教頭はどうしたんだ？　さっきから眉間を押さえ、ため息をついている。

「はぁー……2人の上げた功績は非常に輝かしいものだ。しかも今回、特別に王都からも部費が支給されることとなっている。その額だが……」

王都から部費を支給だって？

ふむふむ、それで予算はいくらなんだろう？

全員が息を呑む中、イルベル教頭の口から寄付の総額がボソっと漏れる。

「1000万Gだ……」

「「1000万⁉」」

え……？　1000Gの聞き間違いだよね？

ガタガタ！　っと一斉にみんなが立ち上がり、怒濤の勢いで会議室に不平不満が飛び交った。

「ドミニクの野郎に1000万なんておかしいぜ⁉　雑草を集めるだけの部活動なんだろ？」

「鍛冶部の50倍……うおぉぉ！　ふざけんなぁぁ！」

あの温厚なフレバー先輩がロングソードを抜いて振り回してる⁉　く、空気がヤバくなってきたぞ……ここは場を取り繕っておかないと！

「ちょ、ちょっと待ってください！　僕もこんな金額おかしいと思います！」

立ち上がって必死に取り繕う僕に、ジェイコブ先輩がニッコリと笑みを浮かべてくれた。

ほっ……わかってくれたみたいだな。流石、毎日妖精と会話してるだけあって理解がダントツで早いな！

「ほぅ？　1000万じゃ少な過ぎるとでも言いたいようだな？　やはり貴様、生徒会を舐めているようだな！」

おかしいの意味が違うぞ⁉　この先輩、妖精言語どころか人間の言葉もあやふやじゃんか。

「イルベル教頭！　薬草学部に『部活対抗戦』を申し込みます」

「俺もだ！」

「私もやるわ！」

部活対抗戦⁉　何だその物騒なシステムは、初耳だぞ。

予期せぬ事態に顔を引きつらせるアイリスと、机の下にササっと隠れて作戦会議を練る。

「部活対抗戦ってなんだろう？　アイリス知ってる？」

「あわわ……部費をかけた部活動同士での決闘だよ！　負けたら部費を全額取られちゃうの！」

んなまさか……僕が大袈裟に考えていた不安が的中するなんて。

そもそも、うちの部の予算が桁外れなのは国からの寄付なんだよね？

っていうか、生産系部活動の1年生相手に、ほぼ全員が敵意むきだしで決闘を挑んでくるってどうなんだ。

「静まれ！　予算会議はここまでだ。異議のあるものはルールに則って部活対抗戦を行うといい。その際は私が立ち会わせてもらう。では解散！」

騒がしくなった会議室を、イルベル教頭が一喝して静めた。

はぁ……また面倒臭そうなことになっちゃったぞ。

「トラブルに巻き込まれる前にさっさと帰ろう」

「だね！　ついでに商店街にも寄っていこー！」

会議室から出るとダッシュして階段を下る。

だけど、廊下を一気に走り抜けようとした僕らの目の前に、いきなり謎の生徒が立ち塞がった。

「待ってください！　ここは通しませんよ！」

ババッ！　と両手を広げて通せんぼする謎の女生徒は、頼んでもいないのに勝手に自己紹介を始めてしまった。

「私は美術部部長のナスカです！　薬草学部に対して部活対抗戦を申し込ませて頂きます！」

そう宣言したナスカと名乗る先輩。頭に乗せたベレー帽が特徴的で、いかにも画家っぽい風(ふう)貌(ぼう)をしている。

うーん、こんな人、予算会議にいたっけな？

「美術部の誰だっけ？」

「ナスカ先輩だよ。噴水広場にドラゴンのモニュメントがあるでしょ。あれのデザインを担当して話題になってたよ」

「あー、あの口から水が出るドラゴンね」

「そうそう。美術部は絵を描くだけじゃなくて、様々な芸術を生み出す活動をしてるんだよ」

そういえば、入学案内に載ってたっけな。

魔法を使わない部活で、地味系の部活の中では薬草学部よりも圧倒的に女子に人気のある部活動だとか何とか。

おっと油断してた。不意打ちされたら困るし、念のため、『反射』の保護魔法を発動させとこうっと。

魔法陣を描いて身構えてた僕に対し、ナスカ先輩はお手上げのポーズをして非戦闘の意思を見せる。

「ドミニク部長。その物騒な魔法を解除してください。私は貴方と戦う気はありません」

「え？　僕を知ってるんですか？」

「予算会議に私も参加していましたので当然です。それに、この学校に通っていて貴方を知らない人の方が珍しいです」

ほっ……好戦的な先輩じゃなくてよかった。うまく事が運べば話し合いで解決するかもしれない。

反射の魔法を解除して、ナスカ先輩と交渉を試みる。

「部活対抗戦って魔法による決闘じゃないんですか？」

「対抗戦の種目は挑戦する側に決定権があります。貴方はあのカルナ先生を決闘で圧倒したと聞きます。そんな相手に戦いを挑むほど、私は無謀ではありません」

また話に尾ひれがついてるぞ……あれはカルナ先生が手加減してくれて、たまたま僕が勝っただけなんだけどなぁ。

「剣や魔法を振りかざして決着をつけるのは野蛮だと私は思います」

「いや、まだ僕は対抗戦を受けるとは言ってませんけどね」

「ですので、対抗戦の種目は腕力に頼らないものにしましょう」

こっちの話が右から左だなこの人……。

平和なエリシアスの街では決闘なんてそうそう起こらない。結局やるなら方法はどうであれ野蛮には変わりないだろ。

「っとその前に。美術部の予算をご覧ください！」

「「え？」」

バッ！　っと予算のリストが目の前に垂らされる。

流石美術部だ。予算の内訳がイラストつきで分かりやすく書かれている。

「筆と絵具とスケッチブック代を合わせて５００Ｇか……まぁまぁ、この予算で妥当じゃないですか？」

「ねえ。何が不満なんだろー？」

「近頃、エリシアス古代博物館に、ＳＳＳランクの冒険者『ファラオ』を描いた絵画が出回っているのはご存じですか？」

「「絵画？」」

「そうです、エリシアスの有名な画家たちがこぞってファラオの絵をオークションに出品しています。新たな部の発展と技術の向上のために、その絵を落札して部室に置きたいのです」

なるほどね、有名な画家が描いた絵となれば数百万Ｇは優に超えるからな。

ギルドの運営するエリシアス古代博物館では、名高い美術品や遺産をオークション方式で出品することができる。

オークションには本物の富裕層が集まってくるので、部費で競り落とすなんてのは到底無理な話だ。

オークションに掛けられるほどの絵画か……絵心のない僕でも見てみたくなるな。

「仮に対抗戦を受けて薬草学部が勝ったとしても、５０００Ｇしかもらえないんですよね？」

「それじゃ私たちにメリットがないっていうかー……部費を奪い合うなら、同じリスクを背負ってもらわないと不公平ですよ」

アイリスのド正論にも怯んだ様子はなく、ナスカ先輩は別の方向から交渉を持ち掛けてくる。

「確かに金額は不釣り合いかも知れません。しかし、高額な部活対抗戦を行えば、それだけで注目の的になるのです。結果として、新入部員が増えるきっかけになるかもしれませんよ？」

ふむふむ、それは確かに一理あるな。

薬草学は治療に使えるし、学会にも認められてる立派なものだ。

でも残念なことに、学生からはただ雑草をむしってるだけの地味な部活動だと勘違いされている。いや、文面にすると間違ってはないんだけどね。

もし、部活対抗戦をしてかっこよく薬草学部が勝利すれば、生徒たちの偏見もなくなってポーション調合に興味を持ってもらえるかも！

「……分かりました。その勝負、この僕が受けて立ちます！」

「えぇー。私はドミニク君と２人っきりの方が嬉しいんだけどなー」

「決意は固まったのですね。では、対抗戦を受け入れてもらったところで、勝負の方法を発表させてもらいます」

ナスカ先輩はドヤ顔を見せ、眼鏡をクイッと押し上げながら言い放った。

「美術品を廊下に展示し、より多くの生徒から票を集めた部の勝利です！」

「なるほど、勝敗は全校生徒による投票で決まるんですね」

「わわっ、もし負けちゃったら部費を奪われるだけじゃなくて、学校中に恥を晒すことになるよ！」

　よーし、美術部と絵で対決か！　燃えてきたぞって、あれ……？　それってどう考えても僕たちが不利だよな？

　挑戦側に種目を決める権利があるとはさっき言ってたけども、なんかうまいことこの人のペースに乗せられてる気がするな。ていうか、挑戦側が有利すぎない？

「部活対抗戦はイルベル教頭の立会いのもとで、明日、行います」

「明日ですか⁉」

「そんなぁー……準備する時間もなしじゃ勝てませんよ」

　くっそ、完全にハメられたな。

　呆気にとられて立ち尽くす僕とアイリスに、ナスカ先輩は2枚のチケットを手渡してきた。

「確かに、美術品での勝負となるとわずかばかり不公平かも知れませんね。貴方たちには特別にエリシアス古代博物館のチケットを渡しておきます。ここで芸術について学んでくることですね」

　素人の僕たちにたった1日で絵心を磨け……か、どうしたもんか。

対抗戦までに与えられた時間はたったの1日しかない。

急遽、午後からのエリクサー販売は中止し、芸術の何たるかを学ぶためにエリシアス古代博物館を見学してみることにした。

「これおいしーぃ！」

「雑誌で絶賛されてただけあるなー」

お茶屋のティーカップを手に持ち、にこにこと嬉しそうなアイリス。

彼女の希望で、博物館へ行く前に、商店街のお茶屋さんに寄り道していた。

「ドミニク君ってば意外と乗り気だね～」

「まあね。だってうまくいけば部員が増えるかもしれないじゃん」

テラス席に座って商店街の先に続く賑やかな通りを眺めながら、仲良くお茶を味わう。

あそこの通りは、近隣の町の商人が王都に向かう際に利用するため、この街では一番人通りが多い。

そして、向こうに堂々と構えているのが、ギルドが設立したエリシアス古代博物館だ。

外観は王城風の作りで、傍から見ると博物館には見えない。

展示されているのは、考古学者や冒険者が発見した遺産だけでなく、有名な芸術家の作品などもある。中でもエリシアス古代博物館の目玉はオークションで、富裕層の芸術マニアがこぞって集まってくる。

「博物館のオークションに、ファラオの肖像画が出品されてるみたいだね」

「ナスカ先輩が言ってた絵画だよね？　見せて見せてー」

チケットに載っていた情報を見ようとアイリスの手が肩に置かれ、頬と頬が引っつきそうになる。

「ア、アイリス！　あんまり外で引っつくと誤解されるよ！」

「えー、部室だと嫌がらないじゃん～！　照れ屋さんだねー、よしよし」

……逆効果だった。余計にふざけて体を押しつけてくる。

うーん……忘れてたけど、アイリスもカレンと同じでひっつき虫だったな。

確かにもう慣れたけど、外だとカレンやリーシャに見つかったときが面倒臭い。っていうかウーリッドもそうだし、みんな僕の体にご利益でもあると思ってるのかな……。


休憩もほどほどにお茶屋を出て、エリシアス古代博物館へとやってきた。

入口の回転式ガラス扉を潜ると、真正面に冒険者ギルドにそっくりな受付があった。

その右手から赤い絨毯の敷かれた通路が奥へと続いている。

「暇だなぁー、誰かこないかなぁー」

よろしくない勤務態度で受付の椅子に座っていたのは、ケロケロっとした奇抜なカエルローブ姿の職員だ。

こちらに気づき、緑色の好奇心旺盛な目をパチパチと瞬かせた。

「おお～。ドミニク君じゃん！」

「あれ？　こんにちはケロリアさん」

この人は、『太陽の遺跡』の受付嬢ケロリアさんだ。何で博物館の受付をしてるんだろう？

転移の祭壇があるとはいえ、砂漠地帯とは管轄が違うだろ。

「ははっ。噂は聞いてるよ〜、あちこちで暴れ回ってるらしいね」

「ハハ……ケロリアさんは所属が変わったんですか？」

「いやいやー、博物館の受付は交代制だよ。転移の石板で繋がっているから、たまーに私も受付やってるんだ。そっちの白髪の子はアイリスちゃんだね。課外授業のときに遅れて遺跡に来た子だね」

「アイリスです。私も授業で一度お会いしてますね」

うへ……アイリスはあのとき、ぴーちゃんの飛行魔法の爆発に巻き込まれて気絶してたんだよな。僕が言うのも何だけど、無事に遺跡には辿りつけててよかった。

「あ⁉　そうだ！」

急に思い出したように、ケロリアさんは指を立てておしかりのポーズを見せた。

「ここは絵画の他にも貴重な遺産が沢山あるからね！　くれぐれも中で暴れたりしないでね！」

「まさか？　見学するだけじゃ何も起こらないですよ」

「わ、私もついてるので大丈夫ですよ……多分」

「じー……信用できないなぁー」

どんだけ信用されてないんだ僕……。

怪しむ視線を背後に受けながら受付を後にする。

展示場へと続く通路脇に、花を描いた芸術的な絵画が飾られている。

「ふむふむ。これが絵画か……」

「す、凄い……ね？」

アイリスもよく分かってないときの顔だな。人のことは言えないけど……。

絵画コーナーを抜け、待望の展示場へと足を踏み入れた。

中に入るや否や、大迫力の竜族の全身骨格が僕たちを迎えてくれた。

「ドラゴンの骨があるよ！　でっかーぃ」

「おおー、これは本物の竜族の骨だね」

天井から吊るされた骨格の下に潜り込み、楽しそうに手を伸ばすアイリス。

そういえば、チケットに大気竜の骨がどうとか書いてあったっけな？

「私、生きてる竜族って見たことないんだけど。ドミニク君ってこんな大きな魔獣と戦ってるの？」

「まぁ普通に倒せるよ。これはアトモスフィアドラゴンの骨だね。このサイズの骨格をもつ生物は竜族の中でもこいつくらいだ」

「これを普通に倒せたら普通じゃないと思うなー……」

……哲学かな。博物館に刺激を受けてアイリスも詩人のようになっている。

お？　この全身骨格の説明が、下のボードに記されている。

この骨は、ほんの数年前に発見されたばかりのものらしい。場所は砂漠地帯の太陽の遺跡の近くか。

発見者はSランク冒険者ルーシスか……そんな予感はしてたけど、うちの校長だな。

「この骨はルーシス校長が発掘したみたいだね」

「ホントだ！　うちの校長ってちゃんと冒険者してたんだねー」

どっからどう見ても武道家にしか見えないもんな、あの校長……。

まぁ、Sランク冒険者の残した功績で客寄せするにしても、流石に大気竜の全身骨格は大袈裟だよな。そんなに珍しい竜族じゃないし。

さて、今日ここに来た目的はオークションなんだけど、特に案内はされてないな。

とにかく会場を探そう。そこでナスカ先輩の言ってた絵画が拝めるはずだ。

周囲を観察してみると、主に絶滅した魔獣の骨や、今は亡き偉人や武人が使っていたとされる杖や武器などが展示されていた。

美術品もあるっちゃあるけど、まぁ理解が難しいだけのモニュメントにしか見えない。これが芸術ってやつか……。

お？　あそこが怪しいな……高価そうなコートで着飾った富裕層の大人たちが、カーテンで仕切られた怪しげな部屋の中へと消えていく。

「アイリス。向こうのカーテンの部屋に行ってみるよ」

「うん。客層を見た感じ、オークション会場に違いないよ」

大人にまぎれて怪しげな部屋のカーテンを抜ける。案の定、そこにはオークション会場があった。

光の照らすステージ上では、スーツ姿の紳士なおじさんがオークショニアーとして司会進行している。

僕たちも会場を歩くバイヤーたちに混じり、こそこそと観客席に腰掛けた。

「次の品は、かの有名な画家が描いた絵画です」

オークショニアーの拡声の魔法が会場に響いた。

「もう始まってるみたいだ」

「早速、ファラオの肖像画が出てきそうだよ！」

ゴロゴロと台車に乗せられて、布で覆(おお)われた絵画がステージ上に運ばれてきた。

ファラオの肖像画か……今気づいたんだけど、冷静に考えたら僕の肖像画ってことだよな。ちょっと楽しみな気がしてきたぞ。

「作品名は『ＳＳＳランクの冒険者とレッドドラゴンの死闘』です！」

バッ！　っと、覆っていた布をおじさんが引っ張ると、油絵で描かれた大迫力の絵画が露(あら)わになった。

「「「おおー!!」」」

ド！　っと歓声が沸き起こる。

現れたのは、杖を構えるファラオと牙をむくレッドドラゴンの攻防の一幕を切り取った、それはもう素晴らしいできの絵画だ。

いや、どう見ても美化され過ぎてる……レッドドラゴンってあんなにキリッとしてたっけな？　もうちょい眠そうな顔してたはずだぞ。僕の身長も1・3割増しで盛られてるし……。

「素晴らしい！　レッドドラゴンとファラオの伝説の死闘が見事に再現されている。これは買いだな！」

「火山地帯での戦いは1週間にも及んだと聞いたぞ。冒険者と赤竜……2人はまるで好敵手のようだ」

「感動した！　私は300万G出すぞ！」

1週間も戦ってたっけな……？　僕がレッドドラゴンを倒したときは、出会い頭に稲妻の魔法でズバーン！　だったからな。決して、あの絵に描かれているような熱い戦いは繰り広げていないと思う。事実無根だ。

「ナスカ先輩が言ってたのはあの絵だね。部室に飾りたい気持ちも分からなくはないかな」

「エリシアスは今、空前のファラオブームだもんねー。そういえば、ドミニク君もファラオと同じ黄金の仮面を持ってたよね」

げっ、課外授業で黄金仮面を手に入れたのは、アイリスも知ってるんだったな。適当に誤魔化しとこう。

「あ、ああ！　あの仮面ならハーブ畑に刺して虫除けに使ってるよ」

「えー、勿体ないなぁー。あの仮面っていま凄い高値で取引されてるんだからねー」

「仮面の口元から微弱な魔力波が出てるんだよ」

頰に手を当て、アイリスがぶーぶーとふくれっ面を向けてくる。

あの仮面は遺跡のレア報酬だから、幸運スキル持ちのカレンさえ連れていけば高確率で手に入る。

その内、大量入手してばらまいとくか。所有者が限られてると僕がますます怪しまれるしね。

……おっと、気を散らした隙に絵画の値が吊り上がっていた。

「500万Gだ!」

「ならば私は700万G出す!!」

他に落札希望は出ず、オークショニアーのおじさんが見切りをつけた。ファラオの絵画は700万Gで競り落とされたようだ。

絵画が700万Gか……オークション自体が金持ちの娯楽ってのもあるけど、一般の相場から考えてもかなり値上がってるんだな。

SSSランク冒険者ってワードはそれほど世間を騒がせているんだろう。ルーシス校長はここまで考えてたのかね? やっぱり、顔に似合わず策士だな。

その後も盛り上がりを見せながら、オークションは続いていった。

目的の美術品を落として満足したのか、ぼちぼちと席を立つバイヤーの姿も目立ってきた。

そろそろ終盤だな。意外と見てるだけでも楽しいもんだなー。まぁ、周りに競り勝つほどの所持金は持ってないし、傍観するしかないんだけども。

「目的の絵は見れたし、僕たちもそろそろ出ようか」

「うん。楽しかったね～、芸術の何たるかが分かった気がするよ」

席を立とうとしたそのとき、ステージ上で光とスモークの魔法による派手な演出が始まった。

「お待たせしました。本日のラストとなる美術品の登場です！　これは、名もなき古代人の手によって描かれた古代の絵です!!」

「ふーん。最後にすごい絵が出てくるみたいだね」

「古代人だってー、面白そう」

派手な演出に合わせて登場したのは、斑点だらけの茶色の『石板』だ。

あれは壁画だな。狩りをする少年と追いかけられるドラゴンが描かれている。一筆書きしたような線の細い絵だ。

子供が描いたのかな？　お世辞にもうまいとは言えないな。

「はあ？　ラクガキ以下だ。芸術を舐めているのか？」

「くだらん悪戯だ。燃やしてしまえ」

うわっ、バイヤーの評価は散々みたいだ。描いた古代人が可哀想だな。

でもあの絵……どこか懐かしい雰囲気を感じるんだよなぁ。僕も子供の頃に遺跡の壁にラクガキして遊んでたからかな？

会場の反応を窺いつつ、オークショニアーのおじさんが企みを含んだ笑みを浮かべる。

「ふ……この絵にはある細工がされているのです」

仕掛けか……パッと見た感じ細工があるとすれば、あの壁画には『３００連以上』の複雑な魔法陣が埋め込まれてるってことくらいかな。

ム！　っと腕に力を入れ、おじさんが壁画に触れて魔力を込めた。

壁画に仕掛けられた３００連の魔法が発動し、ラクガキの線がうねりながら形を変えていく。

「絵が写真のようになったぞ！」

「仕掛け絵か……壁画のラクガキが実物に変わるとは」

まるで、壁画に映像が映されているみたいだ。本物そっくりに描かれた立体的な絵だ……。

古代の少年が魔法で空を飛び、逃げ惑うドラゴンに向かって稲妻の魔法を放っている。

「こ！　これは絵を超えた絵だ！　まるで壁画の中にもう一つの世界があるかのようだ」

「敵うはずのない最強の竜族を追いかける少年か……弱肉強食を逆転させた素晴らしい作品だ、深いな」

再び、割れるような歓声が会場を包んだ。

アイリスも開いた口を押さえていた。

「すっごーい。あんな絵見たことないよ！」

「え……うん。そうだね」

さっきから既視感が拭えないんだよなぁ？

あれ？　よく見たら壁画の隅に古代文字で製作者の名前がふわふわと浮かんでいた。

作品名・『大気竜と僕』

画家・『ドミニク　5才』

……そうだ！　思い出したぞ。あれは僕の描いた絵だ！

父さんが遺跡に潜ってるときにラクガキしたんだっけな？　リアルな絵を動かして驚かせたくて、魔法陣を沢山刻んだ記憶がある。いやー、どうりで懐かしいと思ったんだよ！

はは……ってことは、あのドラゴンを追いかけてる少年は子供の頃の僕か。

1人で納得していた僕の顔を、アイリスが覗き込んでくる。

「どうかしたのドミニク君？」

「いやー、あれ……僕が子供の頃に描いた壁画なんだ」

「壁画⁉　ドミニク君壁画が描けるの⁉」

アイリスがグイグイと腕を引っ張ってくる。

うーん。あんなマニアックなものをオークションに掛けても、精々500Gがいいところだと思うけど。

どうやら、僕の壁に描いたラクガキが遺産と勘違いされてオークションに掛けられてるらしい……力作といえば力作なんだけどね。描くのに結構な時間を費やしたし。

「これ以上、酷評されるとメンタルがキツイ……早く帰ろう！」

「むしろ大絶賛されてるよ！　勝てる……ドミニク君なら美術部に勝てるよ！」

「ええ、そうかなー？」

アイリスの目は勝利を確信し、キラキラと輝いている。

会場を見回してみると、辛辣（しんらつ）だった芸術マニアのバイヤーたちの目の色が変わり、食い入るように壁画を見つめていた。

ちょっと自信がついてきたぞ！　さて、帰るか！

会場の盛り上がりに少し背中を押され、オークション会場を後にした。

「現代魔法では、単色での立体映像を出すだけでも相当な時間と技術が必要なのだぞ」

「古代魔法で書かれた壁画に違いない！　3000万Gだ‼」

さーて。明日の対抗戦がんばるぞ！


博物館から一夜明け、ついに部活対抗戦の日を迎えた。

噂を聞きつけた生徒が美術室の外を囲み、勝負の行く末を固唾（かたず）を呑んで見守っている。

「あのドミニクと美術部のナスカが、部活対抗戦をやるってよ」

「また1人、被害者が増えるのか……可哀想に」

「絵の勝負なら結果はまだわからないだろう。あいつらは草むしり部なんだし」

……流石（さすが）勝負事だけあって凄（すご）い集客力だな。これなら入部希望者の1人や2人、簡単に集まりそうだぞ！

今朝から学校中が美術部と薬草学部の対抗戦の話で持ち切りとなっていた。

「あわわ、人が一杯いるよ……！」

「部員募集をアピールする絶好のチャンスだ。これを逃したら、薬草学部に注目が集まるなんてこと、もうないかもよ」

これだけの人だかりだ、アイリスから緊張の色が窺える。彼女の雪色の髪は黙っていても目立つからな。

ここは部長の僕が頑張らないと。

対抗戦のルールは事前に聞いていた通りだ。今からこの美術室で絵を完成させ、廊下に展示する。そして、それを見た生徒たちの投票数によって勝敗が決まる。

「ドミニク部長、そしてアイリス副部長。あなた方に芸術というものを教えて差しあげます！」

そう自信満々にイキるナスカ先輩の両手には、何故かそれぞれ1本ずつ筆が握られている。

筆を2本同時に使うのか？　斬新だな。

スケッチブックのセットされた絵画スタンドと向き合い、ナスカ先輩がキラっと目を光らせた。

「見えたっ！」

シュバババッ！　っと2本の筆が華麗に躍り、白いキャンバスを彩っていく。

「出たぞ！　ナスカ先輩の二刀流アートだ！」

「速すぎる！　もう完成間近だ！　あのクオリティは、普通に描いたら半日は掛かるぜ！」

「見たか雑草部！　これこそ芸術の極みだ！」

美術部員から絶賛の嵐が巻き起こっている。

確かに速いけど、速さを競う勝負じゃないので筆は1本でいいんじゃないの？　いや……見た目のインパクトも含めて現代アートってことか……つーか誰が雑草部だ！

「完成です！」

シュ！　っと筆が振り抜かれ、止められる。

ナスカ先輩が完成させた作品は、大空を翔ける壮大なアトモスフィアドラゴンの絵だった。

「この世で最も美しい竜族……そうです、大気竜は見た人の心に芸術的な感動を与えます」

うまい……この水彩画は味もあってプロ並みのできだ。

「凄い。本物の画家みたい……」

「博物館に展示されていてもおかしくない完成度だね」

対抗戦の相手である僕たちも、そのできに思わず称賛の拍手を送ってしまっていた。

「ドミニクくん。大気竜を倒した貴方が、私の描いた大気竜に敗れる。それもまた芸術だとは思いませんか？」

そう静かにドヤ顔で語りながら、ビシ！　っと筆を突きつけてきた。

大気竜を倒した僕を絵の大気竜で倒す……か。美術部らしくて面白い、僕も燃えてきたぞ！

『収納』の魔法を発動し、スケッチブックの代わりになる軽めの石板を取りだす。

これを絵の描きやすい角度で台に立てかけてっと……。

「な……なぜ石板なんだ？」

「今、どこから石板が出てきたんだ!?　手品か……？」

「あいつ、勝負に勝てないと踏んでふざけてやがる……真面目にやる気がないなら出ていけ！」

石板を見るや否や、今度は美術部員からブーイングの嵐だ。

「こ！　これは絵による決闘なんですよ！　ふざけないでください！」

ナスカ先輩も腹を立て、僕に向かって不満を露(あら)わにしている。

ふざけてると思われちゃったみたいだな。とにかく誤解を解かないと！

「ち、違うんです。僕はただこの石板に壁画を描こうかなって……」

「壁画!?　貴方、壁画が描けるのですか!?」

え……アイリスと同じ反応だ。壁画ってそんなに珍しいのかな？

「まぁ、見ててくださいよ。壁画なら自信あるんですよ！　ふふん～」

「は、早とちりしてごめんなさい……でも壁画って……」

「ドミニク君に突っ込んだら負けですよ……」

アイリスが間に割り込んできて、ナスカ先輩を落ち着かせてくれた。

さて、僕も作業に取り掛かろう……正直、美術部に真っ向勝負で勝つのは難しいけどね。

アイリスとの作戦会議の結果、リアルに動く壁画を作るという結論に至った。

ちなみに、使うのは『隠蔽(いんぺい)』の魔法だ。

『隠蔽』の魔法とは、対象の姿を術者のイメージしたものにボンヤリと変える魔法だ。

これを応用すれば、頭の中にあるイメージを壁などに焼きつけ、本物そっくりの絵を描くことができる。

指先に魔力の光を灯(とも)しながら、オークションに出ていた僕のラクガキを頭に思い浮かべる。

「初級魔法(オリジナル)・『ハイド(隠蔽)』Ｖｅｒ．焼きつけ」

壁画に手を添え、頭に思い浮かべた静止画を魔法陣に乗せて『１枚』焼きつけた。

これで、目には見えない１つの絵が壁画の中に焼きつけられた。

例えば、この絵に歩くアクションをつけようと思ったら、足を前に出す、手を振るなど、必要な動作ごとに各１つずつの隠蔽の魔法陣が必要となる。

要はパラパラ漫画と同じ原理だな。

子供のときは試行錯誤しながらやってたけど、今なら魔法陣を３００個同時に重ねるなんて造作もないなー。ほほいっと～。

自身の成長をしみじみと感じながら、パパパっと３００層に重ねた魔法陣を掌(てのひら)の上に浮かべた。

この『隠蔽』の魔法陣を石板に連続で焼きつけながら、同時に頭の中で絵のイメージを動かす。

ジュジュ！　っと連続で音がし、僕のイメージした映像が石板の中に焼きつけられていく。

「内部にうまく溶け込んでる。補修を頼むよアイリス」

「まかせてー！」

表面に残された魔法陣の焼きつけによる焦げ跡を、アイリスが手際よく粘土を擦りつけて綺麗に修復する。

「……魔法陣が数百にダブって見えたが気のせいか？」

「いや……魔法陣が奴の掌で数百層に重なってたような……」

よし、誰も魔法陣を焼きつけたのに気づいてないな。後はここにフェイクとして簡単な絵を描き込むだけだ。

チョークを使って味のある古代人の絵を描いておこう。

タタタっと！　簡単だな～。

「完成したようです……ふむ、味があるし色使いも悪くない……しかし、壁画は古代人に嗜まれていた古代の芸術です。現代美術の技法が詰め込まれた私の作品には敵いません」

ナスカ先輩が完成した壁画をチェックし、早くも勝利を宣言した。

「これで2つの芸術品が完成しました。今からこの絵を廊下に張り出し、生徒に投票してもらいましょう！」

「望むところです！」

「ドミニク君の壁画を舐めないでよ！」

噴水広場の中央、一番目立つ場所に2つの絵が堂々と並んでいる。

一方は美しい大気竜の水彩画。もう一方はチョークで描かれた古代人の壁画だ。

投票に訪れた生徒たちが、噴水広場に展示された絵を見てうるうると涙目になっている。

「美しい……これが本物の壁画なのか」

「涙が止まらない……うぅ、壁画に感動するなんて」

「こ、この壁画、生きているようだわ……」

決闘に立ち会ってくれているのはイルベル教頭だ。時計を見て、ふぅーっと息を吐いた。

「そろそろ時間か……これにて、部活対抗戦は終了だ！」

開票してみれば、初の対抗戦は圧倒的な差で決着がついていた。

薬草学部２２０票、美術部２票。

「ど！　どうして壁画に票が集まっているのですか！　これは不正票です！　イルベル教頭！　今すぐ勝負のやり直しをお願いします」

ナスカ先輩は投票結果にケチをつけ始め、不正だ何だと騒ぎ始める。

まぁ、芸術とは無縁の薬草学部に、絵で負けて悔しいのは分かるけど、再戦はごめんだね。

僕たちもデメリットを背負ってたわけだし、今回は発想の勝利って奴だ。

「やれやれ……ナスカ君は気づいていないいんだね？　ドミニク君の描いた壁画は隠し絵になってるんだよ。触れてみたらわかる」

「そ、そんな！　壁画に隠し絵も何も……」

ナスカ先輩が半信半疑で壁画へと指を伸ばす。

「こ！　これは……石板の中に魔法陣を埋め込んだのですね……」

指先の微弱な魔力を吸収し、隠し絵の魔法が発動する。

チョークの一筆書きがスーッと消え、代わりに実物そっくりに描かれた絵が浮かび上がってくる。

草原に立つ少年が、朝日に向かって伸びをするところからこの物語は始まる。

起床後、ギルドに向かった少年はクエストを受け、森で狼の魔獣を討伐。毛皮を持って再びギルドに戻り、換金したお金で昼食を取る。

午後からは草原地帯で動物の群れに混じってのんびりと昼寝タイム。夕方は湖で水浴びをし、そのまま星空を見上げながら眠りにつく。

そう、僕の壁画は『エリシアスの冒険者の日常』をテーマに描かれている。

朝の起床→狩猟→昼寝→水遊び→就寝。この順番で5つのアクションが超精密なパラパラ漫画で再現される。

「俺にも見せてくれ！」

「凄（すげ）ぇ！　人が動いてるぅ⁉」

ナスカ先輩だけじゃなく、他の美術部員たちも集まってきて、動く壁画に釘づけになっていた。

「生きた絵……これはそう表現すべきでしょうか。字幕の部分も完璧にマッチしていて、まるで作者が古代文字を理解しているかのように感じます」

結構鋭いな……。

より絵を分かりやすくするために、古代文字と現代文字による字幕も流れる仕様にしておいた。

それにしても、まさかオークションに幼少期の自分の絵がたまたま出品されていて、それが勝利の鍵になるなんてな。

「不正などと疑ってしまってごめんなさい……悔しいですが、私の完敗です」

やっと負けを認め、深々と頭を下げるナスカ先輩。何故かその手には、僕の作った壁画が大事そうに抱えられている。

「ド、ドミニク部長……あの！　こ、この壁画なんですが……」

……ん？　もしかして壁画が欲しいのかな？

「勝負は僕の勝ちってことで。えっと……よかったらその壁画は差し上げますよ」

「譲ってもらえるのですか⁉　この壁画は国宝に認定されてもおかしくないほどの品なのですよ……」

「そうなんですか？　うーん、でもまた描けばいいだけですし」

「芸術は巡り合わせと……そう言いたいのですねドミニク画伯！」

言ってない……つーか、いつから僕は画伯になったんだ。

ナスカ先輩は、恥ずかしげもなく壁画を抱え上げ、喜びを表現するかのように噴水広場でクルクルと踊り始めた。

……薄々感じてたけど、この人絡んじゃダメなタイプの先輩だ……もう手遅れだけど！

「ドミニク画伯。私を貴方のアトリエに連れていってください！」

「え!?　いや、僕の家ハーブしかありませんよ……」

げっ……ナスカ先輩の妙なダンスのせいで、続々と見物客が広場から立ち去っていく。

せっかく堂々と勝利して、薬草学部をアピールするチャンスだったのに……これじゃあ、他の生徒が逃げていっちゃうぞ。

「あいつ……勝負に負けたナスカ先輩を、無理やり家に連れ込もうとしてるぞ！」

「家にハーブがあるって、まさか危険なハーブなんじゃ……」

くっそ、残っていた美術部員が根も葉もない悪口を勝手に言いだした。

「ドミニクくーん教えてあげたらー？　私もう帰りたいなぁー」

アイリスはすでに他人事状態だ。

う、裏切り者！

「いや、だから僕の家にはハーブしかないんですって！」

「ならせめて、私に芸術をレクチャーしてください！」

くっそ、どんどん人が去っていく……このままじゃ新入部員なんて夢のまた夢だ。

「はぁ……仕方ないですね！　今から屋上に来てください！」

「はい！　ドミニク画伯！」

こうして、見事に薬草学部が勝利を収め、対抗戦は終わった……かに思えた。

その後、何故か僕は美術部の連中に壁画の描き方をレクチャーすることとなった。

ていうかこの流れ、完全にデジャヴだよな?

屋上からグラウンドを見下ろす。

ズドドドド!　っと地上で爆発が起こり、黄色い砂煙が舞い上がっていく。

吹き荒れる爆風に、アイリスは乱れた髪型と制服も直さず、呆けた顔でグラウンドを見つめている。

「ねぇドミニク君……あれ、大丈夫なのー?」

「この本に書いてある通りにやったんだけどね……ちょっと派手すぎたかな」

『芸術は爆発だ』……斬新なタイトルのこの本は、古代の絵の技法が書かれた初心者向けの教本だ。

いきなり壁画は難しいかなと思ったので、家から持って来たこの本をもとにグラウンドに地上絵を作ってみた。

爆発が終わり、グラウンドを覆っていた砂煙が消えていく。

「見ろ!　グラウンドにドラゴンの絵が浮かび上がったぞ!」

「『エリシアスの地上絵』だ……古代の地上絵の謎がついに解明されたんだ!」

爆発によって土が盛り上がり、グラウンドに見事な大気竜の地上絵が完成していた。

おっ、成功だな!　意外とうまいくもんだなー。

昔、この本をもとにして草原地帯に似たような地上絵を描いたことがある。それを見た学者の両親が喜んでたっけな。

もちろん、ルーシス校長には「グラウンドに地上絵を描いてもいいですか？」と、事前に確認しておいた。「ぐはは！」と、笑って返されたので多分ＯＫってことだろう。

「もう語ることは何もありません……うぅ……」

ナスカ先輩たちは満足してくれたみたいだな。もう絵は教えたし、絡まれる前に教室に戻ろうっと。

「じゃあ僕は帰りますんで……行こうアイリス」

「うん、散々な目にあったねー」

ハンカチで涙を拭（ぬぐ）うナスカ先輩と美術部員を屋上に放置し、そそくさとその場を去った。

そして、部活対抗戦の後日。

「ドミニク画伯いますかー？　遊びましょうー」

「汚ったない部室だねぇ」

「ハーブだらけだな」

結局、入部希望者は現れず部員は増えなかったけど……薬草学部の部室に、ナスカ先輩と美術部の連中が顔を出すようになった。

よく見たらフレバー先輩と鍛冶部の連中までいるし……。

聞いた話によると、美術部と鍛冶部の協力によって、僕の銅像を建てる計画をしているらしい……それも、噴水広場にあるルーシス校長の銅像の隣にだ。

ってていうか、今になって思えば、絵で勝負したんだから入部希望者は美術部にしか集まらないじゃん。

「早く自分の部室に帰ってくださいよ」

「ねー。私とドミニク君の部室なんだけど」

アイリスとソファーに腰を下ろしてお茶をすすり、後ろにいる連中に言い放った。

はぁ……ルイス先生が戻ってきたら追いだしてもらおう。

第7話　デリスの呼び出し1　Sideデリス

つい先日のことだ。冒険者ギルドの本部から、違法な転売品が大量に押収されたとの知らせがあった。

違法販売に関する調査を行っているのは、俺の所属する冒険者ギルドの『調査隊』だ。

調査隊に回ってくるのは汚れ仕事ばかりだが、これも俺たち精鋭だからこそこなせる立派な仕事さ。

「ユリア・コーネリアか……あの適当人間とは職務を共にしたくないが……」

俺は重い腰を上げ、草原地帯にいる噂(うわさ)好きの受付嬢、ユリア・コーネリアのもとを訪れていた。

「驚いたな……これ全部が違法な転売品なのか？」

「そうよ。例のドミニク君が、王都の薬品店『聖薬の恵』から押収したものよ」

机の上に山積みにされた魔法石やポーションなどの消耗品の数々。どれも商会ギルドの管理下で取り扱われているものだな。

聖薬の恵っていったっけな？　あの荷車のおっさんには前から黒い噂がついて回っていたが、

ついにボロを出したか。

あろうことかマルコ店長は、王都でドミニクを脅迫しようとし返り討ちにあったそうだ。

馬鹿な奴だ……ドミニクはあの無害な見た目で、とんでもなくエグい魔法を操るからな……

ただの学生だと舐めてかかれば痛い目にあうのは当然だ。

「ワシじゃ！　ユリアはおるかのぅ？」

カウンターから暖簾をくぐり、白髪オールバックの老人が顔を覗かせる。

「ぬぅ、デリスも来ておったのか」

「お世話になっています。ルーシス校長」

養成学校校長、Sランク冒険者のルーシス。やはり、SSSランク絡みの話だとこの人も動くのか。

ユリア・コーネリアがルーシス校長へと歩み寄り、報告書を手渡す。

「わざわざ来て頂きありがとうございます！　デリス君は私が呼ばせて頂きました。調査隊は今、違法取引を専門に活動していますので」

「そうじゃな。『無限の霧樹海』の毒霧が消滅してから、所属が変わったのは知っておる……ぬぅ……この石は『神聖鉱石』か」

転売物の山から、紫色の魔法石に目をつけたルーシス校長。

魔法石を摘み、考え深い表情を浮かべている。

俺もさっきからあの魔法石が気になっていた。

塗装して色を紫色に変えられているが、あれは神聖鉱石と呼ばれる魔法石で、採取してはならない神聖な石だ。

聖薬の恵が、あの石を違法物だと分かって販売していたかは定かではないが、より深いところでの調査が必要になってくるな。

ルーシス校長は渡された報告書に目を通し、ため息混じりに首を傾げる。

「にしても数が多過ぎるのぅ。これだけの押収物をどうやって王都から運んできたのじゃ」

「し、信じられない話かもしれませんが、ドミニク君は『転移魔法』を使ってるみたいなんです」

「『転移魔法』じゃと……デリスはどう思う？　お主は古い魔法にも詳しいじゃろう」

「知っての通り、『転移魔法』といえば古代魔法ですよ。現代人に使える魔法ではありません」

無限の霧樹海でドミニクに初めて出会ったとき、奴は『飛行魔法』で空中に留まったままライトニングの魔法を放っていた。それと、樹海を覆うほどの広範囲複数詠唱と天空魔法陣……。

「あくまで俺の考察ですが、ドミニクは『複数詠唱』と『飛行魔法』に特化した魔法師だと考えられます」

特化型の魔法師は、体内のエレメンタルが極端に偏っているケースが多く、特定の魔法以外では能力を発揮できない。

つまり、ドミニクが『転移魔法』を使える可能性は低いってことさ……。

おもむろにルーシス校長が武道家の正装をはだけさせ、鍛え上げられた背筋を露わにした。

痛々しいな、背中にムチで打たれたかの様な腫れ跡が残っている。

「わけあって先日、養成学校の森で奴と戦闘になったんじゃ。これはそのときにつけられた傷じゃ」

「まさか⁉　ドミニクと戦ったんですか⁉　あいつは無事なんでしょうね……？」

「無論じゃ、ぴんぴんしとるよ」

このSランクのルーシスを相手に、魔法で傷を負わせただと？　生きて帰れただけでも運がいいってのに大した奴だ。

「前にお主が、奴のことを竜族に例えておったのを思い出してのぅ。飛行状態から稲妻の魔法を放てる点を考慮すれば、複数詠唱特化の魔法師という結論が有力じゃな。うむ、これ以上話が逸(そ)れても仕方がない」

話を切り上げ、先ほどの神聖鉱石を手渡された。

「この石を調査するのじゃ。ドミニク・ハイヤードと共にな」

「ドミニクとですか？　奴は調査隊のメンバーではありませんよ」

「ユリア、お主なら何とかできるじゃろう！」

「えぇ！　またカードを弄(いじく)るんですか⁉　面倒くさぁ……」

またってことは普段からやってるのか……ユリア・コーネリアは乗り気ではない様だ。

しかし、何故(なぜ)ドミニクなんだ？　違法物を押収したのはドミニクだが、調査クエストにまで連れていく理由はない。

まさか、違法採取された神聖鉱石と関係があるとでも？

第8話　デリスの呼び出し2

「急に呼び出して悪かったな。元、無限の霧樹海、調査隊のデリスだ」

「お久しぶりですデリスさん！　今日は養成学校の調査にやってきたんですか？」

椅子に座って微笑を浮かべるデリスさん。

この人は、前に無限の霧樹海でルミネスが迷子になったときに、捜索を手伝ってくれた冒険者ギルドの恩人の１人だ。

冒険者ギルドの中では僕の次に若い職員で、冒険者ギルドの幹部からも凄腕の魔法師として一目置かれている存在らしい。

現在は調査隊に所属させられ、入って5秒で死ぬといわれる猛毒の樹海の調査など、難度の高い汚れ仕事を押しつけられてしまっている。

つい最近まで、樹海の拡大を防ぐための調査を行っていたんだけど、樹海の毒霧は僕がまるごと浄化しちゃったからなぁ。

事情は知らないけど、今朝から養成学校を訪れていたらしく、学校の空部屋に呼び出された僕と調査隊のメンバーが机を囲んでいた。

「よぉ～小僧。元気そうだな！」

同じく調査隊リーダーのアンソニーさんが、手を振って陽気に挨拶してくれた。

「アンソニーさんもお久しぶりです。樹海ではお世話になりました」

アンソニーさんは、髭面で強面ながらも愛想のいい雰囲気がある。

2人とも僕の秘密を守るために、SSSランクの件で冒険者ギルドに色々と働きかけてくれた恩人だ。

それで、今日は何の調査なんだろう？　わざわざ挨拶だけしに学校を訪れたわけじゃないよな。

しばしの沈黙の後、デリスさんが頬を掻きながら口を開いた。

「いきなり変な質問で悪いな。鉱石採取の授業で火山に隕石を降らせたのはお前だな？」

「え……？　はい。火山でサラマンドロスに追いかけられたときに、アースエンドの闇魔法を使ったんです。どうしてそれを知っているんですか？」

「やはりか……隕石の魔法って時点で大体の見当はついていたけどな」

どこから情報が回ってるんだろう……あのとき、僕ら以外に誰もいなかったよな？

デリスさんが眉間を押さえながら大袈裟にため息をつく。

「ふぅー。そのとき、サラマンドロスに追いかけられてたベテラン冒険者がいただろ。そいつらが学生が隕石を降らしたとギルドに証言したんだ」

「僕が降らせたのは間違いありませんけど……」

何が不味かったんだろう。地形が壊れるほどの威力はなかったし、わざわざギルドに報告することか？

「その『隕石の魔法』、の部分に突っ込みを入れると長くなりそうなので省略させてもらうが、その学生に呪われた違法な魔導具を使っていた疑いが掛けられているんだ」

「それって、僕が違法な魔導具を使ってたってことですか⁉」

「ああ。俺もお前を疑いたくはないさ。だがこれも調査隊の仕事の一環なんでね。お前の持ってる杖を見せてくれないか？」

もしかして、アースエンドの杖のことを言ってるのかな？

ほっ……なら問題ないな。これは僕が授業で作った普通の杖だし。違法な魔導具だと勘違いされただけみたいだな。

『収納』の魔法から杖を取りだして、２人に見えるように差しだす。

「これが隕石を降らせた杖です。違法な魔導具なんかじゃありませんから、しっかり調べてみてくださいね」

「それが杖か？　見るからにヤバそうなんだが……」

「ま、魔力の圧力がすげぇな……どうみたって普通の杖じゃねえぞそれは！　ちょっと見せてくれ」

食い気味に迫ってくるアンソニーさんに、ポイっと杖を手渡した。

「ぬおぉぉぉ⁉　重てぇぇぇ‼」

重くて持ちきれなかったらしく、アンソニーさんの男らしい腕からアースエンドの杖が落下し、バキバキ！　っと床下に沈んでいった。

……あーあ、床が壊れちゃったぞ。

「な、なんなんだぁこの杖は……見た目よりずっと重てえぞ！」

「質量増加の魔法を付与してますからね。近接用として使いたいので、少し重めに調整してるんですよ」

「おいおい、なんつー魔改造してるんだ……俺が調べてみよう。無実が証明できればいいだけさ」

そう言って、デリスさんが『解析』の魔法を杖に放った。

「呪いの反応はない。竜族の魔法を模（も）した魔力波が流れでているせいで、違法な魔導具と勘違いされたんだろう。特に問題はなさそうだな」

なるほど、竜族の魔法は呪いの力に匹敵するといわれているからな、それで違法な魔導具と勘違いされちゃったのか。

「さて、そろそろ本題に入るか」

つ、杖の件が本題じゃなかったのか……。

「先日、王都での聖薬の恵の転売事件の後、ギルド受付のユリア・コーネリアのところに押収した違法物が届けられた。その中にこれがあったんだ」

貴重そうな紫色の魔法石が机の上に並べられていく。

この魔法石は……どこかで見たような？　誰かが自慢してた宝石に似てるな……。

「これは魔力の浸透率が高い新種の魔法石として、とある魔法商店で売られている。ここだけの話、その商店が違法ルートからこの魔法石を入手している可能性があるのさ」

渡された調査資料を見てみる。

どうやら、新種の魔法石を売っていた魔法商店に、採取禁止区域での違法採取の疑いが掛けられているらしい。

エリシアスの中心部にある、神聖結界が最も強く影響している場所を『聖域』と呼び、そこには素材採取の禁止区域が設けられている。

無闇に土地を荒らしたりすると、神聖結界が不安定になる可能性もあるしね。

密売か……このご時世に、よくそんなあくどい商売をする連中もいたもんだな。

まっ、悪人は調査隊が裁いてくれるから心配ないけどね！

「奴らは慎重だ、なかなか尻尾が摑めなくてな……」

「へぇ、困った人たちがいたもんですね～」

床に落ちて汚れてしまったアースエンドの杖を呑気に磨いていた僕に、デリスさんがさも当然とばかりの顔で言い放った。

「そこでだ。お前に密売組織の調査を行って欲しいんだ」

「えぇ⁉　なんで学生の僕がそんな危険な仕事をやらなくちゃいけないんですか⁉」

「なんでって、シークレットランクの職員は所属が定期的に変わるのさ。今のお前は調査隊のメンバーだぞ」

そんなバカな……。

ステータスカードを開いてみると、確かに僕の冒険者ギルドに関する情報に『調査隊所属』の文字があった。

くっそ、またカードが細工されてる！

「たとえ今の僕が調査隊のメンバーだとしても、ルーシス校長がこんなクエストを認めるわけありませんよ。それに、他の冒険者ギルドの職員の方が適任なんじゃないですか？」

「残念だが今回のクエストにお前を推薦したのはルーシス校長だ。それに、組織は冒険者ギルドの職員の顔を把握している。誰が密売組織と繋(つな)がっているかも分からない以上、内部の人間も信用できない」

まさか？　ルーシス校長が？　僕の秘密を守ってくれるんじゃなかったのか……。

「今回調査してもらいたいのは、『神秘の密林』と呼ばれる聖域だ。そこにギルドが滞在している小規模なキャンプ地がある。くれぐれも、他の連中に見つからない様に注意を払うんだ」

つまり僕1人で聖域に乗り込んで、密林で違法採取してる連中がいないか調査しろと。

不安げな顔を浮かべる僕に、黙っていたアンソニーさんが口を開く。

「そんな顔すんな。俺もお前を危険なクエストに巻き込みたかねえ。今回は、あくまで調査を行うのが目的だ。途中で逃げちまっても構わねえよ」

まあ、デリスさんとアンソニーさんには散々お世話になってるし。

「わかりました。お2人の力になれるなら頑張りますよ！」

組織の調査か……仕事体験の授業だと思って気軽にやってみるか！

調査隊の呼び出しから一夜明け、僕はデリスさんと一緒に養成学校にある転移の祭壇を訪れていた。

今から聖域へと向かい、密売組織の調査を行う。

制服を着たままだとギルド側の人間だと一目でバレちゃうからな。いつもの制服の上に、古代のローブをしっかりと羽織ってきた。

「準備はいいな？　これから聖域へと飛ぶぞ」

「聖域ってどんなところなんですか？」

「聖なる場所さ。行ってみれば分かる」

そのまんまだな。

デリスさんが『転移の石板』に触れ、一足先に石板の中へと消えた。

続いて僕も転移の石板に触れると、一瞬で視界が真っ暗になり、石板の中へと吸い込まれた。

「着いたぞ。ここがエリシアスで一番結界の強い場所だ。ここで結界の女神が神聖結界の魔法を発動させたともいわれている」

唐突な眩しさにゆっくりと目を開くと、すぐ目の前に廃墟と化した神殿がドンっと待ち構えていた。

周囲は密林地帯となっていて、草木に遮られてほぼ先が見通せない。不思議なことに周囲からは、獣の声はおろか小鳥の囀りさえ聞こえてこない。

「神聖結界の力を感じますね。他に誰かいないんですか？」

「この神殿には冒険者が巡礼に訪れるだけさ。中に『結界の女神エリシア』の像が祀られているんだ」

ふーん、エリシアスに神聖結界を張ったっていう、あのエリシア様か。

この土地は、結界の力が強く働く特別な場所だ。

特別な日に冒険者がこの地を訪れ、自然地帯の恩恵と神聖結界への感謝の祈りを捧げているんだとか。

「この神殿を中心に広がっているのが神秘の密林だ。密林には神聖鉱石が採れる岩場がいくつかある。そこを調査して、密売組織が違法採取する現場を押さえてほしいんだ」

「他にギルドの職員はいないんですか？」

「聖域には監視に優れたギルドの部隊もいる。密売組織はギルドの目を掻い潜る術を持っているのさ」

他の職員もいるのか、だったらそこまで心配いらないな。

話を聞きながら神殿の方を眺めていると、周辺の調査を行っていたアンソニーさんが現れた。

「おいっす～、待たせたな！　今日の聖域は妙に静かだぜ。いかにも侵入者がいそうだ！」

「俺とアンソニーさんは、神殿の内部に潜んでそちらに指示を出す。問題があったらすぐに呼んでくれ」

「分かりました。もしものときは助けてくださいね！」

「安心してくれ、その辺に抜かりはないさ」

神殿の門の陰に隠れた２人を残し、密林の中へと突入する。


さってと、調査隊の初仕事だ。

最初は興味本位と成り行きで調査を引き受けたけど、いざクエストが始まってみると不思議と気分がノッている。

僕って、意外と隠密行動に向いてたりして！

「敵に見つからないように高いところを進もう。よっと！」

大樹の高所に生えている枝に飛び乗り、その枝を蹴ってジャンプ。『魔力の縄』を前方の木に放りなげて結び、弧を描いて滑空しながら次の枝へと着地する。

出発前に聞いた話によると、この密林に生息している危険な魔獣は陸上で生活しているらしい。

常に木の上を移動していれば、彼らと鉢合わせにはならないよな。

でも、植物系の魔獣の中には飛行中の鳥を『棘』の魔法で落とす種族もいる……油断はできない。

「サイの魔獣がいるぞ。綺麗な角だなー」

ふと地上を見下ろすと、巨大な白サイがのっしのっしと密林を闊歩していた。純白の硬い皮膚に守られたその頭部には大きな角が生えていて、クリスタルに似た輝きを放っている。

《それはライノセラスだ》

「うわっと！　びっくりしたー」

不意に、襟元につけていた『通信』の魔法石からデリスさんの声がした。

《驚いたか？　意外と小心者だな。現在位置はその魔法石で把握しているから安心しろ》

「急に話しかけないでくださいよ……近くに誰がいるかも分からないんですから」

《悪かったよ。聖域にいるサイやゾウなどの大型の草食魔獣は神聖獣と呼ばれ、『神の使い』として信じられている。もしも、彼らを密猟しようものならば、即ギルドの監獄行きさ》

ここでは狩りも禁止ってことか……怖いので近づかない方が賢明だな。

《しかしドミニク。さっきから地図上でそちらの動きを追っているんだが、移動速度が速過ぎやしないか？　飛行魔法は目立つから注意しろ》

「いえ、普通に木から木へ飛び移ってますよ」

《さ、猿みたいな奴だな……まぁいい。とにかく、クエスト情報をよく確認しておくんだぞ》

猿って……。

『飛行』の魔法を使うと目立つし、障害物がないと逆探知される可能性もあるので、目的地へは木を伝って向かっている。

デリスさんのいうクエスト情報には、神聖鉱石の採取ポイントがいくつも記されている。

聖域の管理を行っている部隊の近くで、違法採取する度胸のある奴はいない。僕が目指すのは、警備の少ない採取ポイントだ。

そこで張り込んでいれば、組織の連中がまんまと違法採取しにくる可能性が高い。

おっと、そろそろ1つ目の採取ポイントかな。

手頃な木の枝に一旦着地し、遠くへ目を凝らす。

ん……あれ？　あそこに冒険者ギルドの職員がいるじゃん。

神秘的な虹色の光を滲ませた岩場。その目と鼻の先に、ギルドの部隊を発見した。

……全員、竜の紋章が縫われたギルドローブを羽織ってる。間違いなく冒険者ギルドの部隊だ。そうか！　聖域の管理部隊も怪しい連中に気づいて、調査の範囲を広げていたんだな。

デリスさんもこうなることを予想していたんだろう……まさか僕みたいな普通の学生に単独でクエストを任せるわけなかったんだ。

ほっ、無駄な心配だったな。

《何かあった……のかドミ……ニク？》

通信の魔法石からぶつ切りの声が聞こえ、神殿のあった方を振り返る。

……通信が途切れ途切れだ。遺跡から離れ過ぎちゃったせいかな。

「今、ギルドの部隊を発見しました。応援がいるなら先に言ってくださいよ。余計な心配しちゃったじゃないですかー」

《他の部隊……だと!?　……ま……て、ドミ……！》

あっ、今度こそ通信不能だ……まっ、いっか！

とにかく、別のギルドの部隊と合流して指示を仰ごうかな。

木から地上へと飛び降りて、部隊のボスらしき男性に声を掛けてみた。

「すいませーん、デリスさんの依頼で調査に来たんですけどー」

「遅いであるぞ、新人……私がここのボスだ」

ボソッとドスの利(き)いた低い声が聞こえ、ボスらしき男性が振り返った。

フードの隙間から、後ろに流したブロンドヘアーと悪人顔を覗(のぞ)かせている。

「信用は仕事で取り戻すのである。早くこの鉱石を袋に詰めるのだ」

挨拶もなく、大きな袋が僕の足下に放り投げられる。

「え？　鉱石を詰めるって？」

「惚(とぼ)けている暇はないのである。足下を見ろ」

僕らが今立っている岩場には、虹色に光る鉱石が埋まっている。

神聖を意味する七色の光か……地図の通りなら、ここにあるのが神聖鉱石で間違いない。

でも、変だよな……？　何で、冒険者ギルド職員が鉱石を袋に詰める必要があるんだ？　採取しちゃ駄目なんだよね？

隣にいた男性職員が、ボーッと突っ立っていた僕の肩を摑(つか)んで顔を近づけてくる。

「時間がねぇ早くしろ！　金に目が眩(くら)んで勝手にがめたりすんじゃねぇぞ？　すぐに分かるからな」

「がめる？　僕は調査の手伝いに来たんですけど？」

変だな……話がうまく噛み合わないぞ？

困惑する僕の目の前で、職員の１人が着ていたローブのフードを乱暴にビリビリビリ！　っと毟り取った。

「むさっ苦しいギルドローブなんて着てらんねぇぜ！　ひゃっはー！」

えぇっ⁉　ギルドのローブを破くなんて……本当に冒険者ギルドの職員なのか？

布が裂けたローブが岩場に投げ捨てられ、全身タトゥーに強面のスキンヘッドが露わになった。

「密輸最高だぜ！　たまんねぇなぁボス！」

え……密輸⁉　聞き間違いかな。

ボスと呼ばれた男が振り返り、あくどい顔で自己紹介を始めた。

「我は偉大なるプラネックス魔法商店の社長ハーバー・プラネックスである！　この日のために周囲をジャミング波で妨害し、冒険者ギルドのローブまで用意したのである。みんな、全ての神聖鉱石を盗むのである！」

「「おおー！」」

げぇぇ‼　こ、この人たちが密売組織だったのか！

や、やばい……もう少しで犯罪の片棒を担がされるところだった。でも、これはこれで潜入捜査っぽくてアリか？

っていうか、あのリーダーの男の顔。どっかで見たんだけどな？　誰だっけ？

「さっさと手を動かせ新人。びびってんのか？　盗みくらいできねぇと立派な大人になれねぇぞ」

「待て！　そいつの杖を見てみろ!!」

「あぁん？　杖だと……こ！　これはぁ！」

杖がどうしたんだろ？　組織の連中が僕の背中に掛かっていたアースエンドの杖に釘づけになっている。

「こ、こいつは！　とんでもねぇ違法な魔導具だぞ！」

「こ、このガキ……大人しそうな顔をして、極悪一家の末裔に違いねぇ！」

「しかも、ローブのポケットから怪しげな草がはみ出してやがる……もうキメてやがるのか」

草？　あ……そういえば、気分を最高潮にする『興奮草』をポケットに入れたままだった。

「「ようこそ密売組織へ！」」

なんかめっちゃ歓迎されてるぞ……腑に落ちない点は多々あるけど、最悪の事態は免れられたのかな？

デリスさんは『通信』の魔法石で僕の居場所が分かるって言っていたし、助けがくるまでやり過ごすしかないか……。

怪しまれないように、せっせと鉱石を袋に詰めるフリをしていると、さっきのスキンヘッドの悪人が話しかけてきた。

「新人。若いのに苦労してんだな？　名前を教えてくれ」

「え！　ええ、えーっと！　ファラオです！」

「ファラオか？　悪党の小僧が、あのＳＳＳランクの冒険者と同じ名前ってのは皮肉なもんだな！　ははは！」

やば、咄嗟にファラオの名前が口に出てしまった……ここで冒険者ギルドの関係者の話はタブーだよな。

「……ファラオであるか」

げっ、ボスが睨みながらこっちに歩いてくる。

「ＳＳＳランクの冒険者など、冒険者ギルドが作り上げた虚像の存在だ。レッドドラゴンを倒したなどと、嘘を振り撒く邪悪なる者たちよ」

「へ、へぇー。そうなんですか……」

ここにいるんですけどね。

「いもしない虚像の存在を作りだし、力での抑制力を生みだすあの傲慢な男、ルーシスがやりそうな手口なのである。本来、この場所も採取禁止区域ではないのだ。自然の恩恵を受けることはエリシアスで暮らす者にとって平等であるべきだ。それを管理しようなどと愚かなことである」

神聖結界が張られたのは数年前のことだ。聖域に変わる前の密林地域はギルドの管理下じゃなかったからな。

自然の楽園と呼ばれるエリシアスでも、際限なく採取を行い続ければ土地は荒れ果てちゃうし、管理者が必要なのは間違いない。この人たちの言い分は分からなくないけどね。

「そこまでだ！　全員動くな！」

「誰だ貴様！」

今の声はデリスさんか！

風魔法による突風がブワッ！　っと吹き、違法採取をしていた僕たちの後方にデリスさんが飛行魔法で降り立った。

「ここは採取禁止区域だぞ。全員、纏めて冒険者ギルドへ連行させてもらう！　ドミニクこっちにこい！」

「デリスさん！　助けにきてくれたんですね！」

怯んだ隙をついて、デリスさんの後ろへと回り込む。

さっきのあの通信のやり取りで、この状況を予測して助けにきてくれたのか……この人めっちゃ頼りになるじゃん。

「貴様、やはり冒険者ギルドの職員であったか！　裏切り者めが！」

「黙れ、ドミニクに手を出したらただじゃ済まさんぞ」

デリスさんはローブの裾を払い、持っていた杖を密売組織のボスへと格好よく突きつける。

「しかし、どうやってここを嗅ぎつけたのだ。見覚えのある顔だな……確か調査隊のデリスであるな」

「わざわざ俺みたいな下っ端を調べていたのか？　変わった奴だな」

「噂通りの生意気な小僧である。あのギルドの犬を捕らえるのだ！」

「「イエッサー！」」

あれ？　まさか戦う気なのかな？

「ドミニク。俺が奴らを捕らえる。お前は自分の身を守ることだけ考えろ」

「え……は、はい！」

え……逃げないの？　ギルドの精鋭とはいえ、5対1だと流石にキツイんじゃないのかなー。

「「殺せぇ！」」

密売組織が声を揃え、一斉に魔法陣を描き始める。

おっと、もう考えてる余裕はないか。デリスさんの指示通り、自分の身を守るのが最優先だ。

あいつら、集中砲火で僕たちを蜂の巣にする気だな。

「そうはさせませんよ！　初級魔法・『アナライズ』」

『解析』の魔法を飛ばし、描かれた魔法陣の特性を一瞬で把握する。

ふむふむ……『捕縛』の魔法が2つ。それに『火炎』の魔法が3つか。

動きを封じて火を放つバランスのよい構成だ。悪人の集まりにしては連携が取れていて感心する。

魔法が発動するまであと4秒くらいか……簡単に『解除』できそうだ。

パパッと魔法陣を描き、『解除』の魔法の光を周囲へ放り投げる。

「初級魔法(オリジナル)・『キャンセル(解除)』」

バリーン！　っとガラスの割れる音がし、5つの魔法陣があちこちで砕け散った。

「な⁉　解除された！　魔法陣が崩れていくぞ！」

「どうなってやがる！　今のは解除の魔法か！　まさか5つ同時に……」

不意に魔法陣を崩され、組織の連中は呆然(ぼうぜん)とした顔で立ち尽くしている。

……何をそんなに驚いてるんだ？　5つ同時解除なんて初歩中の初歩だよね？　これができずにどうやって竜族を倒すんだろ。あいつら普通に100連キャストとか使ってくるのに。

でも、お陰で隙(すき)ができたぞ！

「さぁ！　今がチャンスですよ！」

デリスさんに声を掛けると、何故(なぜ)か目玉が飛び出しそうな顔をして崩れ落ちる魔法陣を見つめていた。

「い、5つ同時に解除だとぉぉぉ⁉　あ、ありえない！　お、おかしい！」

「デリスさん⁉　何やってるんですか！」

せっかくのチャンスなのに、デリスさんはブツブツと独り言を言いながら魔法理論書を確認し始めた。

反撃しなくてよかったのかな？　いや、結構余裕そうだな。

魔法を解除されただけなのに、組織の連中はもう戦意喪失しているように見える。

「その小僧は普通ではないのである！　全員撤退するのである！」

「ひぃぃ！　バケモンだあ！」

ボスの撤退命令に、仲間たちが慌てて僕に背を向けて走りだした。

「奴らが逃げていきます！　本読んでる場合じゃないですよデリスさん！」

「あ、ああ……！　調査隊からは逃げられないさ。俺の魔法はギルド仕込みなんでね」

調子を取り戻したデリスさんが颯爽(さっそう)と杖を構える。

無駄のない、洗練された綺麗(きれい)な青い魔法陣が描かれていく。

「2連・詠唱・『ウッド・コントロール(操木)・バインド(捕縛)』」

ババッ！　っと魔力の縄が飛び出し、周囲の木々に突き刺さった。

木を操る『捕縛』の応用魔法か。

「2連詠唱……奴も化け物か！　ここで捕まるわけにはいかないのである！」

でも、2連だと2人しか捕まえられないよね？　僕も手伝った方がいいみたいだ。

「お手伝いしますねー。初級魔法(オリジナル)・『コピー(複写)』天空魔法陣Ｖｅｒ．」

くるくるくると杖を回し、デリスさんの描いた魔法陣を追加で30個ほど天空魔法陣でコピーした。

上空に漂(ただよ)う天空魔法陣から、ババババ！　っと捕縛の縄が降り注ぐ。

大樹が命を吹き込まれたかのように唸(うな)って形を変え、自然の檻(おり)を形造っていく。

「木が道を塞(ふさ)いでるぞぉ！」

「これじゃ逃げられねぇよ！」

「何て魔法だ……まさか、ギルドの調査隊にこれほどの魔法師がいたとは……」

あっという間に、連中の逃げ道を断ってその周囲を囲み、まとめて檻の中へと閉じ込めた。

デリスさんが捕縛の魔法を見て、不思議そうに首を傾げて尋ねてきた。

「この魔法は……聖域が俺の魔法に力を与えてくれているのか！」

僕が魔法陣をコピーして強化したんだけど……天空魔法陣は上空に浮かんでるから気づいてなかったのか。

組織のボスが声を荒らげ、檻を蹴るわ殴るわで暴れ回っている。

「ぐっ！　ここから出すのである！　さもなくば、我が同胞たちが貴様を八つ裂きにしてしまうであるぞ！」

「出せやごらぁ!!」

「まったく、うるさい奴らだな。見張りの番犬でもいれば静かになるんだが」

「番犬ですか？　じゃあ、檻の中にケルベロスを放っときますねー」

養成学校の魔獣小屋にいるケルベロスたちを、転移魔法で檻の中へ放つ。

《ニンゲンウマソウ！》《ガルルル!!》《ガルルル！》

「「ぎゃぁぁぁ！」」

「やっぱ極悪人じゃねぇかぁぁ！」

久々に自然地帯に解放されて、のびのびとしてるな。

まぁ、これだけ番犬がいたらもう逃げられないだろ。

「ふぅ、これでクエスト完了ですね！」

一仕事終えて汗を拭う僕を見て、デリスさんの表情が若干引きつっている気がする。

「じきに冒険者ギルドの別部隊がやってくる。お手柄だったなドミニク」

「いえー。まさか、ドジを踏んで密売組織に突入するハメになるとは思いませんでしたよ……」

「ところでその杖なんだが、やはり危険かも知れないな。念のため、王都にいる俺の知り合いに鑑定に出させてもらおう」

「え！　といいますと……」

「この杖は、ひとまず没収だな」

げっ、結局そうなるか……確かに密売組織の連中もこの杖を見て違法な魔導具だって言ってたし、一度、正式な鑑定を行ってもらった方がいいか。

まっ、終わってみれば、調査隊の仕事も案外悪くないな！

さて、今日はもう学校には戻れないし、早めに帰ってハーブ畑の掃除でもやろうっと。

デリスさんに別れの挨拶をし、神聖地帯を後にした。

第9話　ドミニクとプラネックス家1

「冒険者ギルドから号外よー！」

メガホンを持った報道部の女生徒が、教室の窓からバサァー！　っとビラを振りまいた。

朝から騒がしいな、ギルドで事件でもあったのか？

冒険者ギルドの紋章が入った三つ折りのビラを拾い、中身を開いてみた。

……どれどれ？

『プラネックス家の代表、ハーバー・プラネックス逮捕。聖域での違法採取により、禁錮4年の刑に処される。プラネックスの魔法商店は営業停止となり――――』

ふーん、違法採取で逮捕者が出たのか。

昨日、僕が捕まえた密売組織とは無関係だよな。

リーシャもビラを開き、大きな目をぱちぱちと見開いていた。

「こ！　このプラネックスの社長さんって、ギーシュ君のお父さんだよっ！」

「そうなの？　それじゃあギーシュの奴も捕まったのかな？」

まだ教室にはギーシュの姿はない。

これがギーシュのパパか……プランクトン家がなんとかっていつも自慢してたっけな。

ホームルーム開始間近。ガララッと遅刻気味で教室の扉が開かれた。

「おはよー……」

フラフラっと現れた金髪七三ヘアーの男子生徒に、みんなの注目が集まっていく。

「うわっ。あんな貧乏くさい子、うちのクラスにいたっけ？」

「知らないよー？　誰あの子？」

あれは誰なんだ？　骨と皮しかないし、ゲッソリとした顔でグゥ～っとお腹を鳴らしている。

「もしかして、あれはギーシュ君じゃないのかなっ！」

「雰囲気は似てるけど痩せすぎだよ。別人じゃないの」

ギーシュらしき人物は猫背で教室を放浪し、生気のないゾンビの動きで自分の席にへたり込んだ。

「自慢のパパの会社が倒産したんだってさ」

「廊下で話したんだけどさ、昨日は水と小麦粉しか食べてないって言ってたぜ……」

「変な話、あいつも人の子だったんだな」

やっぱり、あの肉を取り去った魚の骨みたいな奴がギーシュなのか。

ゾンビギーシュが椅子の上に登り、物乞いを始めた。

「誰か、僕にご飯を恵んでくれないかい……？」

うへ……たった1日であんな別人みたいになるもんなんだな……逆に感心した。

おおっと、取り巻きが騒ぎだしたぞ。こっちに絡んできそうだ。

「ギ！　ギーシュさん！　あんた痩せすぎてすっかり牙が抜けちまってるっすよ！」

「てめぇドミニク！　俺たちのギーシュさんに何しやがったぁ！　ただじゃおか&$！#%」

「えぇ……お父さんの会社が倒産したんでしょ？　僕に言われても困るよ」

「あぁん？　すっとぼけんなよ、ここにお前の名前が書いてあんだろが！」

舎弟の1人が、僕の机の上に号外のビラを叩きつけた。

「いや、どこにだよ……って、えぇ!?」

確かに、ビラの下の方に小さく僕の名前が載っている。どういうことなんだ！

『密売組織を壊滅させた伝説のポーション売りの少年、ドミ〇〇の謎に迫る』

『彼はSSSランクの冒険者なのか……？』筆者、ユリア・コーネリア』

ビリリィ！　っとビラを破り捨てて立ち上がった。

「うおぅ？　や、やんのかぁ！」

これユリアさんの作ったビラか!!

くっそ、なーにまた勝手に僕のこと記事にしてるんだよ……しかも、しれっと正体バラしてるし。

……ってことは昨日僕が捕まえた密売組織の中に、ギーシュのお父さんがいたんだな。そんな偶然みたいな話があるんだな。

「貴様ら。これ以上、ドミニク様の邪魔をするのであれば、今ここで私が相手になってやるのだ！」

怒り心頭のルミネスが毛を逆立て割り込み、舎弟の2人の胸倉を摑んだ。

「ゴ、ゴラァ！　あ、明日なら相手になってやるよぉ！」

「きょ、今日が明日だったら死んでたぞ！　命拾いしたな猫女ぁ！」

「黙れ、今日も明日も同じだ。今すぐ墓場に送ってやるのだ」

「「ひぃぃぃぃ！」」

舎弟の2人が顔を真っ青にして逃げていった。ギーシュがいないと何もできないんだな。

「まったく。雑魚の分際でドミニク様に絡むとは」

「ありがとう、もういいよルミネス」

うーん。

冷静に考えてみれば、この件に関わってるのはルーシス校長とデリスさん、それにアンソニーさんの3人だ。

ユリアさんは後に回すとして、ルーシス校長に話聞きに行くか。

それと、問題はあの痩せこけたギーシュだ。

「パパ…………」

とにかく、相談してみるかな。今回のクエストに僕を推薦したのはルーシス校長だ。

ギーシュ一家が巻き起こしたいざこざに、わざわざ僕を巻き込んだ理由を聞きにいかないと。

「失礼します」

校長室の扉を開けると、ルーシス校長とデリスさんが回収した『違法採取物』の管理作業を行っていた。

机の上に置かれた神聖鉱石と、綺麗(きれい)な角(つの)から神聖な魔力が溢れだし、天井にオーロラを作り出している。

「待っておったぞドミニク。まさか、たったの1日で密売組織を捕らえてしまうとはのう。恐れいったわい」

やっぱりね、ルーシス校長は僕がここに来るのを見越してたんだな。

「いえ、僕だけの力じゃありませんし。それより、ルーシス校長は、ギーシュのパパが違法採取に関わってるって知ってたんですね?」

「ふむ、そうじゃな……ギーシュ・プラネックスの親友であるお主に、今回のクエストを推薦すべきと考えたのじゃ」

へ？　僕とギーシュが親友？

僕とルーシス校長のやり取りを見ていたデリスさんが、管理リストにチェックを入れながら、気まずそうに口を開く。

「すまない……俺は、お前の親友の父親だとは聞かされてなかったんだ……しかし、犯罪は犯罪さ」

い、嫌過ぎる誤解をされてるような……。

「あ、あの……ギーシュは僕の友だちじゃないんですけど」

「お前は優しい奴だな……俺たちに気を遣わなくていいんだぞ」

……デリスさんの誤解が解けないぞ。

「入学時の試験時に、お主らが決闘にて拳を交えたのは知っておる。エリシアスの男は『決闘したら親友』じゃ！　親御さんからそう教えられたじゃろう」

「いや、それはちょっと初耳ですね」

河原で殴り合ったとかならともかく、僕が一方的にケルベロスを使って引きずり回しただけなのに、それで友情が芽生えたら怖いぞ。

駄目だ。話が噛み合わない……失礼な話、クラスメイトとのデリケートな問題には、脳筋育ちのルーシス校長じゃ理解が及ばなそうだ。

「言いにくい話なんじゃが。ギーシュ・プラネックスの退学が決まったのじゃ」

「はぁ?? ギーシュは今回の件に関わってたんですかね」

「否。彼にそこまでの度胸があるとは思えぬ。救ってやりたいが、そうもいかん事情があってのぅ」

まぁ、ギーシュに組織犯罪を犯すほどの度胸はないか。あるとすれば、精々、女の子を追っかけ回して不審者扱いされる程度だろ。

ルーシス校長に、ギーシュの父、ハーバー・プラネックスの罪状を教えてもらう。

神聖鉱石などの違法採取の罪で刑期は６ヶ月か。

ん？　あの人たち神聖鉱石だけじゃ飽き足らず、神聖獣の密猟までやってたのか。そこに在

お手数ですが
切手を
お貼りください

郵便はがき

104-0031

東京都中央区京橋通郵便局留
主婦と生活社PASH!編集部

『僕がSSSランクの冒険者なのは養成学校では秘密です3』

係行

ご愛読、誠にありがとうございます。今後の企画の参考にさせていただきますので、
ご意見やご感想をお聞かせください。

郵便番号・電話番号 〒□□□-□□□□ ☎ - -

ふりがな

ご住所

ふりがな

氏名 年齢 歳

職業 性別 男性 女性

質問 ❶ この本のことはどこで知りましたか? ※複数回答可

1. 雑誌「PASH!」での告知　2. PASH!ブックスのHPやツイッター
3. 著者の「小説家になろう」ページやSNSなどで
5. イラストレーターのHPやSNSなどで　6.店頭で　7. SNS
8. 友達に聞いて
9. なろう以外のウェブサイトで(サイト名:
10. その他 (

質問 ❷ この本を購入した理由についてお聞かせください。

1. もともと作品のファンだったから　2. 表紙がよかった
3. タイトルがよかった　4. イラストがよかった
5. その他(

質問 ❸ お読みになってのご意見やご感想、
厨二の冒険者先生やjimmy先生に伝えたいことを
ご自由にお書きください。

先生に感想をお渡ししてもいいですか?　(　はい　・　いいえ　)
コメントを匿名で、宣伝用広告・ポップなどに使用してもいいですか?
(　はい　・　いいえ　)

ありがとうございました!

編集部にお送りいただいた個人情報は、編集企画の参考にのみ使用し ほかの目的には使用いたしません。
詳しくは当社のプライバシーポリシー(http://www.shufu.co.jp/privacy)をご覧ください。

る綺麗(きれい)な角(つの)はそういうことね……。

神聖鉱石は全て回収できたので実損は最低限で済んでいるけど、『ライノセラスの角』、いわゆる神聖獣の角は、一度奪ってしまえば元に戻せないらしい。

その分刑期も重くなっちゃうし、何よりライノセラスに手を出してしまうと家族全員に責任が及ぶ。

「神聖獣に手を出せば、エリシアスの結界が乱れると信じられている。神聖結界を重んじるエリシアスの禁忌(きんき)の一つだな。当然、一家丸ごと裁かれて当然さ……」

「逆に考えれば、ライノセラスの角を元に戻せば、ギーシュの退学はなくなるって話ですよね？」

その通り！　そう言わんばかりにルーシス校長が笑った。

「じゃが、ライノセラスの角を元に戻すことは叶わぬ」

「どうしてですか？　折れた角を繋(つな)げるだけでいいんですよね？」

「いや、不可能さ。その角を『解析』してみれば分かる」

机に置かれたライノセラスの角に触れてみる。

可哀想に……綺麗(きれい)なクリスタルの角なのにな……。

角は全部で６本。とにかく、解析してみよう。

「初級魔法(オリジナル)・『アナライズ』」

解析の光から大量の魔力情報が返ってくる……角に引き千切られた『魔力回路』が見える。

魔力回路は血管と連なっていて、心臓から全身に向かって張り巡らされた管だ。体内の魔力を全身に運ぶ役割を持っている。

　この複雑な魔力回路が引き千切られ、角は歪に折れてしまっている。『ゴールデンエイジ』の魔法で修復は可能だけど、それぞれの個体を見つけだす必要がある。

「これなら元に戻せるかも知れません」

「はぁ⁉　本気で言っているのか？　そいつを繋ぐには遺伝子操作、回復、物質変換、幾多もの魔法を同時に操作しなければならないんだ。そもそも不可能なのさ」

「大丈夫ですよ、その効果を1つに纏めた魔法がありますので」

「おいおい……嘘だろぉ！」

「がははっ、それでこそSSSランクの冒険者じゃ！　やはりお主は規格外じゃのう」

　全部、ルーシス校長の思惑通りか。

　今回の件で僕がギーシュを助けるために行動を起こすと初めから踏んでたんだろう。

　あいにく、僕とギーシュは友だちでも何でもないので、ありがた迷惑ではあるけどね。

「角をライノセラスたちの体に戻せば、まだ間に合いますか？」

「正式にギルドの裁判にかけられる前ならな。やるのか？　このまま戻さない手もあるんだぞ」

「うーん……考えさせてください」

　これはプラネックス家の問題だし、あいつがやらなきゃ意味がないか……。

まぁ、どちらにせよ角は戻すけどね。こんなことで追影先生のクラスから退学者を出したくないし、何よりライノセラスたちが心配だ。

授業が終わってから校舎の屋根まで飛び、『検索』の魔法を使ってギーシュの魔力を辿る。

「反対側の街か……あっちの方は滅多に行かないからなぁ。古代魔法・『ワープ』」

転移の狭間から出ると、僕とカレンがほぼ毎日通っている商店街とそっくりな門が、華やかなアーチを描いていた。

ここは、僕らの住む街から養成学校を挟んだ向こう側にある、エリシアスの『第2商店街』だ。

うちのクラスでいうと、アイリスやレオル、リーシャはこっち側の住宅街に住んでいる。

おっと、ギーシュの奴もそうだったな。

ここの商店街の中にむかってギーシュの魔力が続いてるな。

今日の目的は、営業停止中のギーシュの家。プラネックスの魔法商店だ。

人波にまぎれて商店街を進んでいくと、一際目立つ悪趣味な黄金装飾の魔法商店がアーケードの突き当たりにドン！　っと天井を突き抜けて建っていた。

わっかりやすいくらい邪魔だなぁ……ここがギーシュの家か。

無駄にでかいせいで、商店街の出口が塞がってるぞ。

「邪魔だなぁ」

ブツブツと文句を言いながら、『ＣＬＯＳＥ』の札が掛けられた入口のドアノブを回してみる。

「鍵はかかっていないな。お邪魔しまーす」

薄暗い店内に、僕の声が虚しく反響する。

店の奥にカウンターがあり、瓶に詰められた魔法石が並んでいた。

よくある間取りの魔法商店だな。

でも、魔法理論に基づいた配置がなされていない……まるで素人が設計したみたいな店だ。

ここは魔法石を扱ってるみたいだけど品質はどうだ？　うーん、売れなそうな石しか残ってないなぁ。

一見、綺麗に隙間なく整列した棚は、店長の几帳面な性格を思わせる。

でも、魔法石を取り扱うには正しくない。

魔法石には属性があり、属性は他の属性と反発し合う特性を持っている。

つまりトム先生の売店のように、棚は背を向けて並べるか不規則にし、魔法石から流れだすエレメンタルが干渉し合わないようにする必要がある。

管理がまずいため、魔力がまともに浸透していない。ここにある魔法石はそこら辺にある石みたいだ。

なんだ、ギーシュのパパは魔法石が売れないのは自分のせいだって気づいてなかったのかな？

違法採取にも手を出すわけだ。

一応、捜査の許可はギルドから下りている。

店内をそーっと歩きながら探索を続けると、ギーシュはすぐに見つかった。

2階の階段の途中にある窓、そこから繋(つな)がっている日当たりのよいアーケードの屋根に寝転がっていた。

遠い目で養成学校の方を見つめながら、ブツブツと独りで呟(つぶや)いている。

「エリシアスが誇る大企業、プラネックス家は滅びたんだ……僕も退学処分だ。ハハ……もう全て終わったんだ」

デリスさんの報告書には、一般的な中小企業って書いてあったけどね。

もう思い出補正が始まってるな。

「プラネックスに栄光あれ‼」

唐突に叫び、ピョォーンっとカエルみたいな動きでギーシュが屋根から飛び降りた。

「ちょ⁉　ギーシュ！」

僕も慌てて窓から飛び出すと、すぐ下の芝生にギーシュが大の字で寝転がっていた。

びっくりさせるなぁ……芝生がクッションになって無傷だったみたいだな。

「パパ……ぐぅう」

いくらあのギーシュとはいえ、流石(さすが)に可哀そうに思えてきた……。

寝転がっているギーシュへ、屋根の上から声を掛ける。

「やぁ、ギーシュ。調子はあまりよくなさそうだね」

「……ドミニク？　なな、なんでテメェがこんなところにいやがるんだ！」

おっ、文句を言える元気は残ってるみたいだな。

「まだ君の退学を取り消す方法は残ってるよ」

「な⁉　何だとぉ！」

バッ！　っと起き上がり、どこで聞いたんだと言いたげな顔で僕を見上げている。

「もちろん。君が僕に協力すればの話だけどね」

「ぼ！　僕がドミニクと協力ぅ⁉　うぅ……でもぉ……」

めんどくさい奴だなぁ。

俯(うつむ)いたギーシュの返答は待たず、強制的に転移の狭間(はざま)へと放り込んだ。

「え、な、何だこの空間は！　やめろぉぉぉぉ！」

「さっさと行くよ」


僕はギーシュを連れ、神聖地帯の遺跡の広場へと転移した。

狭間(はざま)から転がり落ちたギーシュが、四つん這いのままキョロキョロと辺りを見回している。

「うわぁぁぁぁ！　こ、ここは⁉　今のは転移魔法？　いやいやいや、そんなのありえねぇ！」

「今のは転移魔法で、ここは聖域だよ。更に言うと君のお父さんが違法採取を行ってた密林だね。いい加減、現実と向き合ったらどうかな？」

「う、ぅぅ……こんなところに来て今更どうするつもりなんだ。ライノセラスを見つけたって角は元に戻せないんだろぉ！」

やっぱりギーシュもパパを助ける方法を調べてたみたいだな。大好きなパパのこととなると話が早いなホント。

「僕なら元に戻せるよ」

「う、嘘つけ！　魔力回路の修復が学生にできるわけないだろ！　それにお前が俺のために動くわけねー！」

「それは当然だね。別に力を貸す義理も何もあったもんじゃない。……けど」

「ぐぅぅ」

今回ここに来たのもお坊っちゃま君のためじゃない。僕は追影先生のクラスから退学者を出したくないだけだ。

冷たくあしらってみると、珍しくギーシュの奴が頭を下げてきた。

「仕方ねぇ……万策尽きた今、猫の手でも借りるしかねぇか」

誰が猫だ！

収納の魔法でライノセラスの角を取りだし、ギーシュへと手渡す。

「君の仕事は、『占い術』を使ってライノセラスの居場所を見つけることだよ」

本当は『検索』の魔法で簡単に見つけられるんだけどね。このクエストはギーシュに手伝わせないと意味がない。

折れた角の断面を見つめながら、ギーシュは迷いのない目でカードを引く。

得意の『占い術』か。無地だったカードにイラストが浮かび上がっている。

「南東に月下のライノセラス……この近くにいるぜ」

「月……？　月って何さ？」

「密林の月って言ったらバナナだろ？　『占い術』を分かってねーな！」

連想ゲームみたいなもんか、変な魔法だな！

魔力の縄を放り投げ、木伝いに移動を開始すると、ギーシュの奴も見様見真似で後ろを追っかけてきた。

魔法適性Bを自称してるだけあって、こういう小技はカレンよりうまい。相変わらず魔力の乱れが目立ってるけど。

「くそぉ！　追いつけねー！　速ぇぇ！」

「ギーシュ。静かに！　どこか獣臭いよ」

木が少なくなり見通しのよくなったところで一旦足を止める。

地上を見下ろすと、バナナをぶら下げた木があちこちに生えていた。

その間を縫うように、1頭のライノセラスがのっしのっしと大きなお尻を向けて歩いているのを発見した。

間違いない……角を密猟されたライノセラスだ。

弱ってる様子はない。

結界魔法で自分の傷口を塞（ふさ）いだのか。そうとう賢い魔獣だな。

「当たりだね。『占い術』も役に立つじゃん」

「あたりめーだ。『占い術』はプラネックス家の専売特許だぜ」

地上へと着地し、先生仕込みの忍足（しのびあし）でライノセラスの背後から接近していく。

よーし、すぐに元に戻してやるからな。

「ギーシュ。ライノセラスを『催眠』の魔法で眠らせて」

「わ、わかった。ふぅぅ……『スリープゥゥ』」

カードを持ちフゥゥっと息を吐きだすと、周囲に『催眠』の魔力波が発生した。

体内を魔力波が通り過ぎ、ライノセラスはピタっと足を止めた。

《ズズズゥゥ……ＺＺＺ》

よーし、ぐっすりと眠ってるぞ。

今、ギーシュが使ってみせたような、特定の催眠効果を引き起こさせる方法として、魔力波に雑音を混ぜて飛ばすやり方がある。

魔力波は魔力を振動させて起こす波紋だ。

雑音入りの波紋が頭を通過すると、脳が軽い拒絶反応を起こし、酔った気分になったり睡魔に襲われる感覚に陥（おちい）る。

「さて、次は僕の番だ。かなり複雑な魔法を使うから気を逸（そ）らさないでね。途中で起きたら一からやり直しになるからね」

「な、何の魔法を使うつもりだ……？」

「古代魔法・エインシェント・ゴールデンエイジ」

前足を折って寝転んだライノセラスの頭部。その折れた角の断面目掛けて『ゴールデンエイジ』の黄金の光を潜り込ませていく。

流石にきついな……数億を超えるライノセラスのDNA情報が、一気に頭の中へと流れ込んでくる。

頭の中を構成魔力数の数字がぐるぐると駆け巡り、頭痛がしてきた。

この情報の中から角に関する構成魔力数を探し出して読み取り、6本の折れた角の中から、このライノセラスの角を探し出す。

でかい図体してるだけあって情報量も半端ないな……一致する魔力情報はどこにある？

……見つけた！　この折れた角と、ライノセラスの魔力情報が完全に一致している。すぐに引っ付けてやるからな。

折れた角から糸を引っ張る要領で、1本ずつ魔力回路を摘み出してライノセラスの頭部に繋いでいく。

こっちはこっちで、これはこっちか？　う～ん、パズルみたいだな……。

「角が引っつこうとしてやがる……ま、魔力回路を繋ぎ合わせてるのか⁉　こ、こ、こんなのトリックに決まってやがる！　魔力回路の修復は現代の魔法理論じゃ解明されてねえはずなのに！」

「角の破損した部分の魔力回路を再生させただけだよ。しっかり魔力情報を解析できてれば、修復できないってことはないでしょ」

「再生させただけって、そりゃ、治癒魔法の専門分野みたいなもんじゃねーのかよ……」

時間にして5分。全部で300本ほどの魔力回路をパパっと繋ぎ終えると、折れた角が引き寄せられるかの様にライノセラスの頭にピタッとくっつく。

「夢だ……これは全部夢なんだ……」

ギーシュの奴は現実逃避してるな。瞳孔が完全に開いている。

「よっし、完成だ！」

さて、後はこの一連の作業を残った角の数だけ繰り返すだけだ。

のんびりしてたら夜になっちゃうな……。

魂の抜けていたギーシュをこっち側の世界に呼び戻し、次のカードを引かせる。

「次いくよ、次！」

「お、おう！」

次は南西に魚のヒレのあるライノセラスの絵か。

おそらく、川辺で水浴びでもしてるのか。

また魔法で木を伝って移動すると、南西にある川辺で水浴びをしているライノセラスを発見した。

「2体目だ。さっきと同じやり方で角を修復するよ」

「ああ、僕が眠らせりゃいいんだな」

ギーシュが川の浅瀬へと降り立つと、すぐさま催眠の魔法を掛ける。そして僕がゴールデンエイジの魔法で角を引っつける。

浅瀬で眠りに落ちたライノセラス。その体を囲んで作業を続ける僕らの耳に突然、《ギャァ！》っとしゃがれた鳥の鳴き声が突き刺さった。

「ひっ⁉　今の鳴き声は⁉　やべぇ予感がするぜ！」

「密林に住む竜族かな」

不吉な予感が当たり、空から大型のワイバーンが現れた。

鋭い足の爪を剝き出しにし、水辺に向かって急降下してくる。

「ギーシュ！　今忙しいから何とかしてよ」

「ひぇぇ！　無理に決まってるだろ！　ワイバーンの相手なんてごめんだぁ！　パパぁぁ！」

ほんとビビりだなあ……いつもの威勢のよさはどこ行ったんだ。

牙を向けて飛んできたワイバーンに掌を向け、適当に魔力を込めた。

「飛行魔法を乱せばいいんだよ。邪魔！」

バチバチッ！　と掌から飛び出した稲妻が、ワイバーンを感電させて翼の飛行魔法を乱す。

体勢を崩したワイバーンは浅瀬に墜落し、バシャバシャとのたうち回って水しぶきを飛ばす。

目玉が飛び出しそうな顔でギーシュが騒ぎだす。

「ぎゃあぁ！　ワイバーンが一撃でぇぇ⁉」

「ギーシュうるさい！　この魔法使ってるときに話しかけないでー！」

第10話　ドミニクとプラネックス家2　Sideギーシュ

「これで最後だ……」

　日没が近づき、夕焼けが神聖地帯を照らし始めた頃。ついに、ドミニクの野郎が全ての角（つの）の修復を終えた。

「本当に全部引っつけやがった……」

「ふう、間に合った。冒険者カードを通じてギルドには連絡しておくから。後は調査隊のデリスさんって人が何とかしてくれると思うよ」

「て、てめぇ、冒険者ギルドの職員に知り合いがいるのかよ……？」

「まぁね」

　ドミニクの野郎は、大樹に背を預けて座り込み、冒険者カードを操作しながらこっちに声を掛けてくる。

「僕は休んでくから、転移の祭壇から先に帰っていいよ。あー疲れた、頭がぼーっとする……ねむ……」

　疲労で目を瞑（つむ）るドミニクの野郎から、スースーと、無用心にも寝息が聞こえてきた。

「ぐへへっ、寝ちまいやがった」

角を引っつけてドヤ顔で居眠りか！　まったく恩着せがましい奴だぜぇ。

もう関係ねぇ、こいつは用無しだ。

プラネックスの復興を祝って、景気づけにぶっ飛ばしてやる。

「ぐへへっ！　覚悟しろドミニク！　寝てたから負けたなんて、後から言い訳するんじゃねぇぞ！」

「ZZZZ」

無用心に眠るドミニクの目の前に、目一杯大きな魔法陣を描いていく。

これは僕の考えた最強の火魔法だ。竜族の力に匹敵する火炎の力を思い知れ！

「灰になれドミニク!!　現代魔法・『ドラゴンファイアァァァー！』」

ボボッと2つの火の玉が魔法陣から飛び出した。

顔面に直撃だぜ！

と思いきや――――。

ポンッと、火の玉が消滅し、ドミニクの頭からモクモクと煙が出てきた。

「むにゃむにゃ……ZZZ」

え？　え？　え？　……なぜ魔法が消滅したんだ!?　魔法は直撃したはずなのに!!

「そんなショボい魔法じゃ傷一つつけられないさ……そいつとお前じゃ魔法師としての器が違うのさ」

誰だこのキザ野郎は？　いつの間に僕の背後に……。

「だ！　誰だお前！　いきなり出てきてなんなんだ！」

分かったぞ……こいつは多分、さっきドミニクの野郎が連絡してた冒険者ギルドの職員だな。

やべぇとこを見られちまったな。

「俺はデリスだ。今のは明らかに殺意のある魔法だったが、見なかったことにしといてやろう
……黙ってこのカードを見てみろ」

「ぼ、冒険者カードだと？」

男が投げて来たカードを受け取り、履歴を開いてみる。

これは、調査隊メンバーのリストか……何でこんなもんを見せてきやがる？

いや……こ！　これは⁉

「ばば、馬鹿なぁぁぁ！　SSSランクだとぉ⁉」

「これは極秘事項なんだが、お前みたいな馬鹿を納得させるにはやむをえまい」

確かに『ドミニク・ハイヤード』の名前の横にSSSランクの冒険者との記載がある。

まさか……こいつがあのレッドドラゴンを倒した伝説のSSSランクの冒険者なのか⁉

確かに妙だ……数百本の魔力回路を手作業で繋げる？　しかも一度のミスもなくだぞ？　Bランクの魔法適性を持つ天才の僕にならわかる！　こいつは本物だ！

「信じられんだろうが、さっきお前の魔法が掻き消されたのは、こいつの体を覆ってる魔力が規格外過ぎるからだ」

「それはありえねぇ！　僕は魔法適性Bランクなんだぜ？」

「もちろん、俺も信じられん。だが事実さ。眠ってる間、そいつの体は無意識に防御魔法を放ち続けている。素手で攻撃しなくてよかったな。下手すれば腕がなくなってたかもな」

僕は……寝たままの奴に負け……たのか……？　これがＳＳＳランクの冒険者の力……しびれたぜ……。

あまりの衝撃に、気づいたときには半尻で芋虫の様に地面を這い回っていた。

駄目だ……意識が朦朧（もうろう）としてきた……。

「大丈夫か……お、おい！　お前まで寝るなよ！　密林のど真ん中なんだぞ、誰が運ぶと思ってるんだ！　起きろぉ！」

薄れ行く意識の中……調査隊の男が僕の頬（ほお）を叩く振動が心地よくなり、じんわりと頭に響いていった。

さよならプラネックス家……僕はもっと凄（すご）い栄光を見つけてしまったぜ……。

後日、ハーバー・プラネックス――パパの行った違法採取に対する処罰が下された。

角（つの）を戻したことにより減刑が認められ、神聖鉱石の違法採取の罪で懲役6ヶ月のみの実刑となった。

プラネックスの魔法商店は、残った職員たちで何とか営業を再開した。

僕もやっと食欲が戻り、キュートなぽっちゃりボディを取り戻した。

こうして、いつも通りの日々が戻ってきた。

「おはようみんなー！」

今日も爽やかに挨拶して教室に入る。最高のスタートだ。

「ギーシュさん！　プラネックス魔法商店の営業再開おめでとうございます」

「ギーシュの奴、すっかり元のぽっちゃり体型に戻ったな」

舎弟どもや周りのガヤたちを無視し、一番後ろの席へと向かう。

憎たらしい顔でハーブの手入れをしているバカの席だ。

「やぁギーシュ。お店が無事でよかったね。朝から僕の席に近づかないでもらえるかな？」

くっ！　この野郎！　いやいや、我慢だ……。

ドミニクに背を向け、大きな声で言い放つ。

「みんな～！　SSSランク冒険者とパーティを組んだ、このギーシュ様の話が聞きたいか～い！」

「ちょ!?　どうしてそれを!?」

ははっ、馬鹿みたいに慌てるドミニクの野郎を見るのは爽快だぜ。

「やめろギーシュ！　どこで知ったんだよ！　まさか……デリスさんか!?」

「「SSSランクの冒険者だってー!?」」

「そりゃマジなのかギーシュ！」

一斉にみんなが駆け寄ってくる。

今日からもう、プラネックスの名を語るのはやめだ。時代は移り変わったんだ。

「へへっ、僕とＳＳＳランクの冒険者は共に戦時を潜(くぐ)り抜けたマブダチなのさー！」

今日から僕はＳＳＳランクの冒険者の親友だぜ！

「くっそ、確か記憶を消去する古代魔法があったよな……後遺症が残るけど……ギーシュだしまぁいっか！」

後ろから物騒な呟(つぶや)きが聞こえてきやがる……。

まぁこいつはパパを助けてくれたしな。お前がＳＳＳランクの冒険者だってことは、ここでは秘密にしといてやるよ。

第11話　騎士団編　Side ウルゴ

王都は魔獣や反政府組織からの侵略の危機に晒されている。

俺たちグリフォン聖騎士団は、この国の王子から常々そう言い聞かされている。

これは王都に限った話ではなく、エリシアスの神聖結界外の全てにいえる。

だから、そんな俺たちグリフォン聖騎士団の使命は、この王都の平和を脅かす魔獣や犯罪者を捕まえることだ。


馬車から見渡す都の風景は平和そのもの。

日の暖かい静かな午後、俺は馬車に揺られながら警備の目を光らせ、目的地を目指していた。

「そろそろ着く頃か、あの辺りに止めてくれ」

馬車が、騎士団の旗を靡かせながら速度を落とし、大通りの脇に停止する。

「俺が戻ってくるまでの間、騎士団員として周辺の警備を怠るなよ」

「はい！」

敬礼した御者をしている若い騎士団員の名はレヴィア。

銀の鎧の上から羽織った魔導ローブと、背中に掛けた長い杖を見て分かる通り、彼女は魔法師だ。

だが、ただの魔法師ではない。

入団2年目にして王宮魔法師にも選ばれた14歳の規格外だ。

騎士団、いや……この大陸でレヴィアより魔法の才に恵まれた者などいないだろう。こいつを一言で表すなら、天才という言葉が相応しい。


部下に周辺の警備を任せ、店の扉を叩く。

ここは王都に古くからある有名な薬品店だ。

古い木造の大きな店舗を構えるその店は、従業員の多さもさることながら、調合設備の充実度合から、ポーションの生産率が群を抜いている。

店主の男は優れた鑑定眼を持っていて、ポーション販売の他に、骨董品から違法な魔導具の鑑定まで行っているんだとか。

「お待ちしておりました、騎士団長ウルゴ様。この古き薬品店にお越しくださり感謝いたします」

「そう謙遜するな。俺の知る限りでは、民から信頼を置かれている薬品店はここより他にない」

「嬉しいお言葉です。約束通り、例の物を用意させて頂いております」

深々とお辞儀をし、店主の男性が店の奥へと案内してくれる。

「「いらっしゃいませ！」」

通路脇に整列していた数十名の従業員が、通り際に歓迎の言葉を掛けてくれた。

今回、王都騎士団の団長であるこの俺『人狼のウルゴ』が、自らこの薬品店を訪れたのには訳があった。

「こちらが研究室です。ウルゴ様は長身ですので、天井にご注意ください」

「わかった……」

案内されたのは、昔ながらの調合室だ。

仕方ないとはいえ、天井が低くて窮屈だな。俺の身長は狼の耳先までいれると３Ｍを超える。

店主が薬品の保管棚から木箱を取りだし、机の上に置くと蓋を開いた。

「これが完成したエリクサーです」

透明な液体の入った瓶がズラリと並び、神秘的な虹色の光を放っている。

「間違いない。本物のエリクサーだな」

エリクサーは古代の遺跡から発見された、全治の力を持った未知のポーションだ。

国中の天才たちがエリクサーを完成させようと、こぞって調合に関する研究を進めていたが、何年経っても誰もそのレシピを見つけることは適わなかった……。

もしも、魔法の使えない民間人が魔獣に襲われてしまった場合、高ランクの治療薬を所持していれば、それだけで生存率はグッと上がるだろう。

魔法が使えない民間人は多くいる。

俺の率いる騎士団の精鋭でも半数……王都全体で考えると70％を超えるだろう。

このエリクサーは、国の未来に希望を与えるものだ。

「それで、この再現されたエリクサーの効力はどのくらいだ？　実戦でのエリクサーの実用化も期待できそうか？」

「調合師によってムラがありますが、格段に低いコストでAランクの回復力を持ったエリクサーが調合可能かと」

「まさか、これら全てがAランクの回復力を持つエリクサーだというのか……」

「いかにも。調合界に革命がおきたのです」

一般的にAランクのエリクサーの回復力は、致命傷の一歩手前の傷をも完治させるといわれている。だが量産するのは難しく、その成功率は、30回調合を行って1本できるかどうかだ。

「このレシピをエリシアスの学生が完成させたなどと、未だに信じられんな」

「私も驚いています。薬草学を嗜むものであれば、誰もが一度はその調合方法を探ろうとするものです。しかし、実際にレシピを完成させた者は誰一人としていませんでした」

エリシアスの代表として、学会に参加していた古き友人、ルーシスからその名を聞いた。

養成学校、開校以来の天才少年ドミニク・ハイヤード。その少年が部活動の最中にエリクサーを完成させてしまったと。

しかも、そいつはただの調合の天才ではないらしい。ルーシスもよく分かっていない口ぶりだった。

エドワード王子は奴に王宮調合師の称号と快適な研究施設を提供し、ギルドから騎士団へ引き抜く算段を立てているんだとか。

厄介ごとに巻き込まれなければ俺はかまわんがな。ん？　あの呪いの杖は一体？

ふと、テーブルに置かれた杖に目がとまる。漆黒の宝玉がついた美しい杖だ。

「そこにあるのは誰の杖だ？」

「その杖はエリシアスの調査隊から預かっている杖です。黒竜を土台にした杖らしく、持ち主が違法なルートで手に入れたのではないかと疑われているらしいのです」

「黒竜だと！」

確かに杖から竜族が発する異質なオーラを感じる……Aランク、いやもしくはそれ以上の杖か。

「素材の仕入れルートを探ってみたのですが、竜族の素材を扱っている商人など王都でも指で数えられる程度しかいません。これ以上の調査は難しいですね」

「ふむ……ならば、この杖は俺がもらっていこう」

「ウルゴ様が……？　いえ、申し訳ありませんが冒険者ギルドから鑑定依頼を受けた品をそう簡単に渡すわけにはいきません」

「問題ない。ギルドの元代表、Sランクのルーシスに俺から伝えておく。うちの騎士団に1人だけ鑑定が得意な奴がいるからな」

店主から強引に引き取った杖と、エリクサーの木箱を持って店から出る。

「むむ！　悪人の気配がします」

団員のレヴィアが、通りを行き交う人々を厳しい目で観察していた。

「やめろ。そんなあからさまに警戒していたら民間人が怖がるだろう。レヴィアよ……聞こえているのか？」

肩を叩いて声を掛けるも、レヴィアは無言のまま向かいの建物の屋根を見つめている。

「シッ！　屋根の上で何かが動きました……バレバレですよウルゴ団長！　早くそのふさふさの耳をローブのフードで隠してください！」

「お、おおぅ？」

強引にフードを引っ張られる。

耳を隠し、通りの向かいにある大きな建物の屋根に目を凝らす。

よく見えん……不自然に視界が歪む。あれは隠蔽の魔法か？

「屋根の上か。何者かの気配がするな」

「ええ。かなり複雑な隠蔽の魔法で姿を隠していますね。むむ！　あれはただ者ではありません！」

怪しげな影が勢いをつけて屋根からジャンプし、俺たちの上空を跨いで薬品店の屋根へと飛び移った。

「私が追ってきます」

「待て！　あの特殊魔法はアサシンの可能性もあるぞ」

「こそこそと隠れて戦うアサシンなんかに、私が負けるわけありません！」

俺の返事を待たず、２連の魔法陣が描かれていく。

確かに1対1でレヴィアが負ける可能性は低いか……そうだな。

「飛行魔法で奴を追います！　追跡の指示を！」

「分かった。念のため、この杖を持っていけ。丁度お前に鑑定を頼もうと思っていた杖だ」

ローブの脇に差していた黒竜の杖をレヴィアに放り投げる。

「……この杖は？」

「気を抜くなよ、相手は誰か分からんからな。さっさと追え！」

「はい！」

まったく、エリクサーが完成したばかりだというのに、次から次へと……。

第12話　王宮魔法師レヴィア

　転移魔法で王都の遥か上空へと転移した。

「絶景だな～」

　落下しながら見下ろす王都の街並みは華やかだ。

　王都の内部へと続く水路を、船が行き来している。

　テンション上がるよなー。前来たときは、草原地帯の方から船に乗ってあの辺の水門を潜(くぐ)ったっけな。カレンに自慢できないのが残念だ。

「到着～！　さて、人に見つかると不味(まず)いし、姿を隠しておこう」

　丈夫そうな民家の屋根へと着地し、『光学迷彩』の魔法陣を描く。

　バチバチッと全身に閃光(せんこう)が走り、体が透明になった。

　これでよし！　さて、王城はどっちだっけな？

　つい先日、僕の元にエドワード王子から一通の手紙が届いた。

　その手紙を要約すると、王宮調合師となった僕に与えられる『王宮専用の施設』の案内を、近日中に行いたいという旨のものだった。

　僕と同じく、『王宮』の称号を持つ魔法師を案内人として用意してくれたって書いてあったけど、『王宮』ってどんな人なんだろ。

「とにかく、エドワード王子のいるお城を目指すか」

追影先生流で、屋根伝いに走りながら王城を目指して移動を開始する。

軽やかに屋根を飛び移りながら進んでいくと、大きな通りに出た。

向こうの屋根まで少し遠いな……人通りも多いし、飛び移ったら誰かに見つかるかも。

転移魔法って手もあるけど、ここで下手に古代魔法を使って魔力波を発生させるよりマシか。

ステルスの魔法で姿は見えないし大丈夫……。

ダダダっと助走をつけながら、通りの向こうの屋根目掛けてジャンプする。

跳びながらチラッと下を見下ろすと、真下の大通りに武装した2人組が立っていた。

騎士団だ……この辺りを警備中みたいだな。

「屋根の上に誰かいます……！」

下にいた騎士の1人が、パッと反射的に手をかざして空を見上げた。

やば！　もしかしてバレたか？

迷わないように屋根のルートを選んだけど、泥棒と間違われちゃったかも。まぁ僕は透明化してるわけだし、この魔法を見破られる可能性は低いだろ。

一応、どこかに隠れて様子を窺っとこう。

地上から見えない位置まで姿勢を屈めると、走るスピードを上げた。

そのまま、王城へと続く通路の屋根まで辿りつくと足を止める。

「ふぅ、ここまで来れば安全かな……ん？」

……飛行魔法で誰かが降りてくる。

ローブを羽織った小柄な騎士が、僕の行く手を阻もうと向かいの通路の屋根へと舞い降りた。腕を組んだまま顎を上げて、勝気な眼で僕を見下ろそうとしている。

僕より頭一つ小さいけどね……。

「そこの怪しいやーつ！　隠蔽の魔法を解除しなさい！」

さっきの大通りから飛行魔法で追ってきたのか……僕と年もそう変わらなそうだけど、騎士見習いって奴かな？

やっぱりさっきの大通りでステルスの魔法が見破られてたのか。この魔法、姿は隠せるけど動くと空間が歪むからなー。

ステルスの魔法を解除し、両手を上げた。

「ごめん。王城に用事があるんだけど、通してもらえないかな？」

「私はグリフォン聖騎士団のレヴィアです！　ふふ……安定した飛行魔法と隠蔽を見破る眼！そしてこの国宝級の杖！　これだけで私と貴方の力の差は十分に理解できるでしょう！　大人しく降伏しなさい、アサシンの末裔よ！」

聞いてないし……つーか誰がアサシンの末裔だ！　見るからに面倒くさそうだし、関わらない方がよさそうだ。

隙をついて逃げよう。事情は後でエドワード王子に話してもらえば問題ないだろう。

逃亡用に『閃光』の魔法を放とうとして、不意に少女の小さな胸元に目を奪われた。

既視感のあるエメラルド色に金の螺旋模様が走った長い杖が、少女の小さな体に沿って大事に抱かれている。

……えぇ!? あ、あの漆黒の宝玉の杖は……アースエンドの杖だよね?

僕の視線に気づいた少女は、顔を赤くしてあーだこーだと文句をつけてきた。

「じ、じろじろ見ないでくださいこの変態! はっ!? 貴方まさか! この杖を盗もうと考えてますね!」

見れば見るほど僕の杖にしか見えない。つーかよく喋るな。

「ギルドの手違いで君の手に渡ったみたいだね。悪いけどその杖は返してもらうよ」

「ふふ、私に勝てると思っているのですか!」

騎士見習いにしては自信満々だな。

「不法侵入、及び窃盗未遂の罪により貴方を逮捕します! 『3連詠唱』」

少女がアースエンドの杖を天に掲げて魔力を込めると、前方に3つの魔法陣が同時に現れた。

今のは付与魔法によるトリプルキャストだな……僕が刻んだ『質量増加』の魔法を『3連詠唱』に書き換えたんだな。

複数詠唱を付与魔法にしておくと魔法陣をコピーする工程が省けるので、その分発動が早くなる。0コンマの世界の話でだけどね。

「ふふっ! 驚くのはまだ早いです!」

そう言って杖をくるりと回転させる。

3つ展開されていた魔法陣の真上に、同数の魔法陣がコピーされ、合計で6つの魔法陣が彼女を隠すように並んでいた。

「私はこの王都の騎士団が誇る最強の魔法師、『高速詠唱のレヴィア』です！」

見習いの割に、最強を自称するなんて中々のメンタルだね。

つーかあの娘、高速詠唱の辺りから既視感が凄（すご）いぞ……前にこんな感じのタイプの先生と養成学校で戦ったような気がしてならない。

ボーッと眺（なが）めていた僕に向かってレヴィアと名乗る少女が呪文を叫んだ。

「先手必勝！　これで決めます！　6連詠唱（シックスキャスト）・『アースエンド・カタストロフィー（大地の終焉）』」

杖の宝玉が旋律を奏でて輝き、術者と周囲の魔力を一気に吸収していく。

今の音は間違いない、僕が植物系魔法を再現するために刻んだ『旋律』の魔法だ。

「くっ！　魔力が吸い取られる！　はァァァ！」

少女は必死な顔で杖を握りしめ、吸い込まれる魔力に気合いで堪（た）えようとしている。

ええ？　あの杖は魔力消費率を70％軽減してくれる効果がある。それでも見習いのあの子にはちょっとキツかったみたいだな。

「はぁはぁ……魔力の消費量が異常です。しかし、終焉（しゅうえん）の魔法は発動されました！」

ゴゴゴゴ！　っと大気の揺れる音が響き、空から6つの黒い隕石が落下して来た。

別に驚きはしないね。だって僕が刻んだ魔法だし。

……そうだな。あの隕石をそのまま利用させてもらおうっと！

空に手をかざし、指先でパパっと魔法陣を描いた。

「初級魔法（オリジナル）・『アトモスフィア・デス・ジャッジメント』」

少女は僕の動きに反応できず、目を見開いて硬直している。

「速い!!　嘘っ！　え!?　こ、この反則的な魔力は!?」

シュバーン!!　っと屋根の上で大気の爆発が起こり、騎士の少女をロケットのように天高く打ち上げた。

「きゃあぁぁぁぁ！」

よっし、飛んだな。標的は落下してくる隕石だ！

巨大な隕石目掛けて飛んで行く少女。

見事に上空で隕石に衝突し、ドカーン!!　っと大爆発を起こした。

「うげぇぇ！」

あっ……よわ！　シールドくらい張ればいいのに……。

後は残った隕石の処理だな。

飛び散った欠片（かけら）と5つの隕石の下に『転移魔法』の狭間（はざま）を複数出現させ、宇宙空間へと転移させた。

一仕事終えて汗を拭（ぬぐ）うと、少女が重力に逆らえずに空から降ってくる。

やがてボン！　っと屋根にぶつかって綺麗（きれい）にバウンドし、下の茂みに頭から突き刺さった。

うわっ、大丈夫かな……？　一応、怪我してないか見とくか。

草むらから騎士の少女を引っ張り出して、頬を優しく叩いた。

「あの、大丈夫かな？」

「今の……魔法は……大気……りゅ……」

め、目の焦点が合っていない……ブツブツと呟いているけど大した怪我じゃなさそうだ。

「ヒール掛けとくね」

デコに手を当てて回復の光を浸透させると、意識の朦朧とした眼で僕の方を見てくる。

勢いで倒しちゃったけど、騎士団員をこのままほっとくわけにもいかないよな。

適当な宿屋的なところで休ませてあげるか。丁度この近くにお茶屋があるみたいだし。


少女をおんぶしてお茶屋さんに運び、テラス席に座らせた。

回復の魔法で傷は治したけど、少女は意気消沈した顔でお茶をすすっている。

「むむぅ……介抱してくれてありがとうございます。どうやら私の勘違いだったようですね！」

「こちらこそ、打ち上げちゃってごめんね」

「それで、さっき私が受けた魔法は竜族の……大気竜の上昇気流の魔法じゃないのですか？」

「そうだよ。ちょっと魔法陣を弄って範囲を狭くしてるけどね」

「やっぱり！　貴方は竜族の魔法が扱えるのですね!?　まさか大気竜のっ、痛ぅぅぁ!?」

慌ててテーブルに身を乗り出した少女は、体に痛みが走った様子で突然うずくまった。

さっき隕石に打ちつけた首を押さえて、調子を確かめている。

「無理しない方がいいよ。傷は治ってると思うけど関節の痛みはすぐには引かないからね」

「痛ったぁい……です。思いっきり隕石にぶつけられましたし……私の受身(うけみ)が遅れてたら死んでましたよ」

受身は取れてなかったけどね。まぁまぁ元気じゃん。

僕もお茶を飲みながら、チラッと少女の顔を覗(のぞ)き見る。

レヴィアって言ってたっけな？　派手な紅の髪に似合った勝気とも能天気とも取れる顔つきをしている。

僕の魔法に驚いてたみたいだけど、騎士見習いなら仕方ないよな。

「今は余計な話をするのは避けましょうか。さきほどは失礼しました。私は王都の騎士団に所属しているレヴィアと言います」

「こちらこそ、僕はエリシアスの養成学校のドミニクだよ」

「……ドミニク。なるほど、貴方があのドミニク・ハイヤードでしたか」

「僕を知ってるの？」

「お顔を拝見するのは初めてですけどね！　エリクサーのレシピを完成させた貴方は、王都の有名人ですよ。まずは、称号取得おめでとうございます」

まいったな、学会の影響で既に僕の名前が王都で広まってるのか、まだ王宮調合師の資格の授与式は行っていないのにな。

「それで、君の持ってる杖の話なんだけど、近くで見せてもらえるかな？」

レヴィアは難しそうな顔で、立て掛けてあったアースエンドの杖を机の上に置いてくれる。

「……実は、ついさっき私もこの杖を渡されたばかりで詳しいことは解らないのですよ」

「うーん、どうみても僕の杖だね。そういえば、ギルドの恩人が王都に鑑定依頼を出すとか言ってたかも」

「1つ質問をいいですか？　この杖の先についている漆黒の宝玉は、黒竜の宝玉ではないのですか？」

「うん、宝玉は使い魔にプレゼントしてもらったんだー」

「こんな国宝級の魔導具を作れる魔法師がいるなら、国王に報告すべきかもしれません。製作者は何というお方なのですか？」

え！　作ったのは僕だけど、国王に報告なんかされたら困るぞ……っていうかこの杖、思ったよりもトラブルを引き起こすな。呪われてるっていうのもあながち間違いじゃなかったりして。

それに、このままだと宝玉を手に入れてきたルミネスにまで厄介が及びそうだ。

勿体ないけど、ここで手放すのが正解かな。

「も、もう忘れちゃったなぁ。授業で友だちに素材を集めてもらって合成したところまでは覚えてるんだけど……杖はレヴィアにあげるから気にしなくていいよ」

「頂けるのですか⁉　これは大切な杖なのでは？」

「持ち主の僕があげるって言ってるんだから気にしなくていいよ」

「やったぁ！　ドミニクさんって、とってもいい人ですね！」

レヴィアはパァーッと明るい表情を見せ、僕の両手を握ってお礼を言ってくる。

騎士団員にしては、思ってたより庶民的で話しやすい子だな。

それにしても、杖と僕の相性って悪いのかな？　作っても、何かと僕の手を離れてくんだよなぁ。そういう運命なのかね。

元気にお茶屋さんの団子を頬張(ほおば)ると、レヴィアは手を叩いて立ち上がる。

「ごちそうさまでした！　お腹も満たされましたし、貴方が『王宮』の称号に相応(ふさわ)しい人材かどうか、神殿まで確かめに行きましょう」

「どういうこと？　僕はエドワード王子のところにいって、王宮魔法師さんに王宮施設の案内をしてもらう予定なんだけど」

そう尋ねる僕の前で、バッ！　とローブの裾(すそ)をなびかせてレヴィアが僕を見る。

しかも、なかなかのキメ顔だ。

「ふふ！　私が貴方の案内をする、その王宮魔法師ですよ！」

「え⁉　君が王宮魔法師だったんだ」

ってことは、この子は魔法の研究において偉大なる成果を上げた人物ということ？

もしかして、さっきの戦いは手加減してくれてたのかな？

第13話　色彩鳥

「予定していた時間より大分早いようですね。始発の船に乗ったとしても、エリシアスからだとお昼過ぎまで掛かるのですが」

「え⁉　か、川の流れが速かったのかもね！」

腑に落ちない顔で、スタスタと速足で先を行く王宮魔法師のレヴィア。

まいったな、時間の事まで考えてなかった。

僕達は今、王城とそれに隣接する王宮施設を丸ごと囲んで衛る巨大な城壁の上を歩いている。

この城壁は、敵の侵入を防ぐために高めに設計されていて、王都の街並みだけでなく遠くの海まで見渡せる。

「ねぇレヴィア。今はどこへ向かってるの？」

「ふふふ、どこって『神殿』ですよ！　ドミニクさんにはそこで魔力に汚れがないか検査を受けてもらいます」

レヴィアは、クルッと振り返り意味ありげに微笑んでくる。

もし、汚れがあったらどうなるんだろ？　怖いから聞かないでおこう。

邪悪なる魔族の魔力波が体内に流れていないか調べるのかな？　宗教的な話ならともかく、

魔力にはその人の特性はあっても、別に汚れも何もないんだけどね。

王城の敷地内に、エリシアスの女神が祀られた神殿があるらしい。神聖地帯にあった神殿と似たような感じかな。

『王宮』の称号を与えられた者は神殿に仕える『神官』となり、設備の整った研究施設を与えられる。

つまりは、研究費用は国が持つので、王都の発展に貢献する研究をしろって話だね。

「見えてきましたよ。あの白い建物が神殿です」

「どれどれ？」

レヴィアが城壁から指差した先に、白い大理石で造られた巨大な建物が見えた。

「これからドミニクさんには、あの神殿で魔力に汚れがないか検査を受けてもらいます。汚れのある者は王宮の施設に入れませんからね！」

レヴィアは説明しながらも、せっせと2連詠唱の魔法陣を描いていく。

これは『飛行』の魔法陣か。

「私は飛行魔法で先に下に降りています。ドミニクさんは少し遠回りになってしまいますが、城壁沿いに進んで梯子を降りてきてください」

僕が飛行の魔法を使えないと思ってるみたいだ。

「ああ、僕も飛行魔法は得意だから問題ないよ。ほらっ」

「え⁉」

飛行魔法を発動すると、体がフワリと舞い上がる。

実は5歳くらいのときから飛行魔法で飛んでいるので、結構自信がある。

「な！　なぜ飛行魔法が使えるんですか⁉」

「どうして驚くの？　レヴィアも飛んでたじゃん」

「私は2連詠唱が使えるので当然です！　でもドミニクさんは……」

「うーん、僕も2連詠唱は使えるからね」

「むむぅ……まさかとは思っていましたが。調合師は魔法が得意な人が多いと聞きます、ドミニクさんもそうなのですね」

レヴィアは、うんうんと感心した顔で頷いている。

いや、2連詠唱なら誰でも使えるよね。この子本当に王宮魔法師なのかな？

城壁から飛び、神殿の上を飛行しながら汚れについて軽く話を聞いてみる。

「汚れの検査って、『解析』の魔法が込められたステータスカードを使うの？」

「いえ。エリシアスではそうかも知れませんが、王都での魔法に関する測定には特殊スキルを持った魔獣を使います」

「魔獣？」

飛行魔法を解除して神殿の庭に着地すると、《コケコケッ》と可愛らしい鳴き声が聞こえてきた。

あれがそうかな？　パンパンに肥えたニワトリが数羽、地面の芝生をクチバシで突いている。

「普通にニワトリじゃん」

「あれは色彩鳥という名の神聖獣です」

そう言って、庭にいた茶色のニワトリ君を抱き上げて連れてきた。

「ふふっ！　よい子にしてね、よしよし！」

《コケッ》

撫でられて嬉しそうだな。この音速のシュルトみたいなニワトリ君が神聖獣か……『聖域』にいたライノセラスとは違って、その雰囲気から神聖っぽさは微塵も感じない。

「この子たちは、魔力の神聖度の高さに応じて体毛の色が白く変化する特性を持っています。逆に邪悪な心を持った魔力を感知すると黒くなるのです」

「つまり、羽が神聖度の高さを表す『白』に変われば、汚れがないって証明できるんだね」

「その通りです。私がやってみるので見ていてください」

レヴィアがニワトリ君を持ったまま魔力を送り込む。

《コケー！》と甲高い声が響き、茶色だったニワトリ君の体毛がキラキラの純白に変わった。

「不思議だなー、本当に真っ白になっちゃったぞ」

「ふふ！　驚きましたか！　色彩鳥を純白に変えるには、人並み以上の神聖力が必要なんですよ」

純白の羽を1本だけ取り、得意げに胸元に刺したレヴィア。

「これで王宮施設への入場が許可されました」

「確かに便利だけど、羽を抜くのは可哀想じゃないかな？」

「いえいえ、色彩鳥(しきさいちょう)の羽は、抜いても抜いても生えてくるのです！」

そう言って、レヴィアがニワトリ君の羽をプチプチと抜いていく。

ニョキニョキっと、数秒足らずで新たな羽が生えてきた。

今のは再生の魔法か。よく見たら羽の表面に『浄化』の魔法の光が見えるし、本当にただのニワトリじゃないんだな。

「次はドミニクさんがやってみてください！」

「えー、大丈夫かなぁ」

「心配することありませんよー、色彩鳥がカラスみたいに真っ黒にでもならなければですが……」

ステータスカードのときの記憶が蘇り、嫌な予感が頭をよぎる。

黒くなったらどうしよう……ルミネスだったら漆黒がどうのこうのと言って大喜びしそうだけども。

地面を突いているニワトリ君。そのもふもふの胴体を摑(つか)んで抱き上げた。

《コケッ⁉》

純白になれとは言わないけど、せめて黒にはなるなよー。

恐る恐る魔力をこめると、レヴィアのときと同じように体毛が茶から白へ、そして純白へと変化していく。

「驚きました、まさか、私と同じ純白級の神聖度とは……」

「これって凄(すご)いの？　あれ？　まだニワトリ君が踏ん張ってるみたいだけど」

ニワトリ君が、「違う、お前の神聖度は純白などでは表現できない、本物を見せてやる！」とでも言いたげな眼で僕を見ている。

いや本当、余計なことしないでね！

純白のニワトリ君は力を振り絞り、血管がはち切れそうな顔でプルプルと震えている。

《コケー‼‼》

力強い鳴き声とともに、純白の体毛が一瞬で鮮やかな7色の『レインボー』へと変化した。

「レ！　レインボーだ！　これって汚れてるの⁉」

「レ、レインボー⁉　色彩鳥(しきさいちょう)が7色に変わるなんて前代未聞ですよ！　しかし、虹(にじ)は結界を意味する神聖なものなので、問題はないと思われます！」

「虹色でもいいんだね？　びっくりしたー」

これで汚れがないって証明されたならオッケーか。ちょっと派手だけどね。

誇らしげに7色の翼を羽ばたかせるニワトリ君から、虹の羽を1本抜いて制服の胸元にプスっと刺した。

《コ……コケ……ココォ………》

「ん？　あまり顔色がよくないね」

「むむ、この症状は……色彩鳥(しきさいちょう)の魔力波が少々乱れていますね。魔力を吸い過ぎたんですね！」
駄目そうだな。僕の魔力は抜け出たみたいだけど、力み過ぎたニワトリ君は辛そうにしている。

「少し張り切り過ぎたのですね。体毛の色を変えるのにも魔力を消費しますから」

「目がクワッとしてて、見るからに危なっかしかったからなー」

「仕方ないので、神殿まで連れていきましょう。神殿には魔獣に詳しい方もいますので」

ニワトリ君を抱っこしたまま、神殿へと続く階段を登る。天井を見上げると、美しい女神様の彫刻が彫られていた。

神殿は人々が祈りを捧げる場所だ。

ここは王宮の施設の中で唯一、民間人も利用可能らしい。

神殿はエリシアスの遺跡に似てるけど、管理がしっかりされていて綺麗だ。誰かがこまめに浄化の魔法を掛けて掃除してるみたいだ。

天井へと伸びる大きな柱の横を通り抜けながら、入口に向かって歩いていると、不意に鳥に似たシルエットが視界に映った。

あれは……？　見間違いか？　入口付近に人型の魔獣っぽいのが佇んでるのが見える。

警戒して足を止めた僕を見て、レヴィアがほくそ笑んでいる。

「ふふ！　安心してください。あれは『王宮調教師』のファルコンさんです。主に騎士団の扱うグリフォンなど、キメラの研究を行っています」

「へー。あの獣人さんも『王宮』の称号を持ってるんだ」

「他にもファルコンさんは王宮の施設の管理も行っています。なにかあったら、気軽に相談に乗ってくれますよ」

ファルコンさんは、キリッ！　っとした鷹の顔に屈強な人間の体がくっついていて、とてもシュールだ。

背中には翼が生えていて背は僕らよりも高い。レヴィアに年齢は聞かなかったけど、見た感じそこそこおじさんだろう。

「綺麗になれー」

両手を伸ばして大理石の壁の汚れを落とすファルコンさん。

その様子を見ていると、僕たちの気配に感づいたらしく、急にバ！　っとこっちを振り返った。

「誰……⁉」

ボソッと呟き、鷹の目で無表情にジーっと見つめてくる。

なんか怖いな……知らなかったら迷わずライトニングの魔法を放ってたかも。

「妙な魔力の圧を感じたんだけどおかしいなー。そっちの子は誰だい？」

レヴィアにそう問い掛けたファルコンさんは、僕を見て首を傾げた。

顔は鷹なのに、結構ゆるい感じで喋るんだな。

「お掃除中すいませんファルコンさん。こちらの彼に王宮の施設を案内しているんです。彼が新たな王宮調合師のドミニクさんです」

「王宮調合師……!? まさか、エリクサーのレシピを完成させたのは君なのかい??」

「はじめましてエリシアスから来たドミニクです。エリクサーは偶然できたっていうか、僕だけの力じゃないですよ」

「若いのに謙虚だねー、って！ そ、その7色の色彩鳥（しきさいちょう）はどうしたんだい??」

僕と握手を交わそうとして、ファルコンさんの視線がニワトリ君に釘づけになった。

「その子は、ドミニクさんの魔力を吸って虹色になったんですよ」

「えええぇ！」

ファルコンさんは、僕の胸元の色彩鳥から虹色の羽を抜き取り、珍しそうに摘（つま）み上げて観察している。王宮調教師だから魔獣の知識は豊富なはずだ。

「むむむむ。色彩鳥がこんな鮮やかな色に変化するなんて……」

「この子、僕の魔力のせいで疲れちゃったみたいなんですけど、元気にしてあげられませんか？」

「そうだねぇー。だったら色彩鳥を元気にするついでに、私の研究室に遊びにこないかい？ 王宮調合師の君ともう少し話してみたいなー」

「研究室にですか？ 僕は別に構いませんけど。レヴィアはどう？」

「問題ありませんよ！ どの道、後でファルコンさんの研究室も案内する予定でしたから。ですがその前に、先に神殿に入って祈りを捧げましょう！」

ニワトリ君をファルコンさんに託して、僕らは神殿へと向かうとしよう。

「じゃ、壁掃除も終わったし、私は研究室に戻るねー。研究室で待ってるよ～」

《コケー》

地味に歩いて去っていくファルコンさん。翼で飛んだりできないのかな？　ファルコンさんは見た目はちょっと怖いけど、普通に優しい獣人だったな。

「さて、エリシア様に祈りを捧げに行きますよ」

レヴィアに続いて神殿の中に入る。

窓から光が差す四角い部屋の奥に、結界の女神エリシア様の銅像が祀（まつ）られていた。

若者からお年寄りまで、多くの人が集まり、女神様に祈りを捧げている。

あれがエリシア様か……礼服を着た綺麗（きれい）な少女が、胸元で手を組んで祈りを天に捧げている。

結界の女神エリシア様は、僕らが暮らしているエリシアスの町の名の由来になった実在する人物だ。

エリシアスの『火山』『雪山』『草原』の3つの自然地帯を神聖結界で繋（つな）ぎ、邪悪な心を持った魔獣を全て追い払ってくれたらしい。

結界を張ったのちにエリシアスからは去っていってしまったようだけど、僕と同じで目立つのが嫌だったのかもね。

まぁ、そのおかげで僕たちは安全に暮らせているんだけど。

祈りを捧げる人たちに混じって、両手を合わせて跪（ひざまず）く。

「レヴィアも祈るの？」

「当然です！　私たち都の民は結界の加護を受けていません。ですが、同じ国のエリシアスの民を護ってもらっているのです」

「そっか。レヴィアは騎士団の人間だからそう感じるのかもね」

王都を拠点とし、結界の外で邪悪な魔獣と戦っている騎士団の人たちだけど、結界で守られているエリシアスの人間も、守るべき存在だと捉えているようだ。

「エリシア様を見て思い出したのですが……樹海の毒霧が晴らされたというのは本当なんですか？」

「え!?　うん……らしいね」

本当も何も、やったのは僕だし……。

「王都で噂になってます、あれはエリシア様が樹海に降臨し、毒を浄化なされたのだと」

「いやー、ち、違うんじゃないかなぁ……」

正しくは、迷子の猫を助けようとした飼い主が、勢い余って毒霧を吹き飛ばした。が正解だ……期待させてごめんなさい。

第14話　グリフォンリーダー

「さて、次は騎士団の戦力を担っている強力な仲間を紹介しますよ」

神殿を出てからファルコンさんの下へと向かう道すがら、僕たちは近くの林を城壁沿いに歩いていた。

「この林には、騎士団が従えているグリフォンが暮らしていて、騎乗戦闘訓練なんかも行ってるんですよ。ドミニクさんは神聖獣を見たことがありますか？」

「それなりにはあるけど、グリフォンは見たことないかな」

次は騎士団の使い魔を紹介してくれるらしい。どんな奴か楽しみだな。

「実はグリフォンは、幼い頃から懸命に育て上げても決して人間に従いません」

「へぇ、懐かないのに、どうして騎士団では従えられてるの？」

「彼らは群れにリーダーを作り、そのリーダーの指示には忠実に従い各々の役割を果たすのです。つまり、うちの騎士団がグリフォンを扱えるのは、グリフォンリーダーにうちの騎士団長が認められているからなのです」

人間のように組織を持つ魔獣ってことか。そのグリフォンリーダーに認められた騎士団長って、どんな人なんだろう。

「いい機会なので、グリフォンリーダーを呼んでみましょう。新たな王宮の仲間を紹介しておかないと！」

レヴィアが指笛をピィー！　っと鳴らした。

《クエー！》っと、笛の音に応えるように鳥の鳴き声が響く。

「おいでロドリゲスー！」

空に手を振りながらレヴィアが名前を叫ぶ。すると、大きなグリフォンがバッサバッサと翼を羽ばたかせながら舞い降りてきた。

鷲の上半身にライオンの下半身が引っついている。そして背中には、立派な鞍と手綱がある。

へー、あれがグリフォンか。神話に出てくる有名な魔獣だよね。

騎士団に鍛えられてるだけあって、その表情は気高く凛としている。ちなみに顔はイーグルフェイスなので、ほぼファルコンさんと一緒だ。

「よし！　こっちへおいでロドリゲス！」

どこからかレヴィアがバナナを取りだして、ロドリゲスに向かって差し出した。

鷲の嘴でバナナを咥えたロドリゲスは、満足した様子で地面に座り込む。

たまたま林を歩いていた王宮の研究員たちが、その光景を見て騒ぎだした。

「すげえ、バナナ1本でグリフォンを手懐けたぞ！」

「流石レヴィアだ。普通の奴なら噛み殺されてるところだったな」

え……そんな危険な魔獣だったのか！　見た感じ弱そうだけどな。

レヴィアが、グリフォンの銀色のもふもふの体毛に抱きついた。

「この感触がすべすべで堪らないのです！　ドミニクさんもボーッとしてないで触ってみてください。この子は特に毛が滑らかなんですよ」

へぇ、確かに気持ちよさそうだ。僕も触ってみようっと。

そーっと体毛に触れようと手を伸ばすと、ロドリゲスはバ！　っと巨体を仰け反らして威嚇してきた。

《クエッ!!　クエッ～！》

え!?　めっちゃ威嚇されてるぞ……懐かないって本当だったんだな。

翼を広げてプレッシャーを与えてくるロドリゲス。言葉は分からないけど、『余所者は認めん』と言わんばかりに俯いて首を振っている。

《クェッ！　クエッ！》

「むむむ……ロドリゲスはドミニクさんが本当に王宮に相応しい男かどうか、その力を試したいのですね！」

《クエッ!!》

「お、王宮がどうとかまでは言ってないと思うけどね……別に認めてもらえなくてもいいんだけどなぁ」

鷲の立派な眉をキリッと吊り上げて頷き、鋭い嘴でレヴィアに耳打ちしている。

《クェ！　クェクェ》

「ふむふむ、なるほどー。ロドリゲスはドミニクさんと『空中戦』で競い合いたいようですね」

鳥語が分かるのか？　空中戦って、なんか面倒くさい展開になってきたぞ……。

「空中戦って馴染みのない言葉だけど、何を競うの？」

「空中戦とは、空の上で行う決闘です。ルールは相手を地面に墜落させた方の勝ちとなります」

「僕は飛行魔法が得意だから、全然構わないけどね」

「そういう次元の話ではありませんよ！　グリフォンは自由自在に空を飛びながら攻撃魔法を放てます。人間の飛行能力に換算すると、約10倍に匹敵すると言われているんですよ」

「ええ!?　10倍も!?」

《クエー》

誇らしげに、自慢の大きな翼を広げるグリフォンリーダーのロドリゲス。

音速よりも10倍速く飛べるってのか……やっぱりただのグリフォンじゃないようだ。

通常、魔獣は咆哮(ほうこう)によって構成魔力数を組み上げ、感覚的に魔法を発動させている。

咆哮による魔法の発動は速いけど、魔法陣を描くやり方と比べると応用を利(き)かせることが難しく、多くても2種類くらいの魔法しか組み上げられない。竜族なんかは例外だけどね。

しかし、グリフォンは人間と同じように指先で器用に魔法陣を描き、多種多様な魔法を扱えるらしい。

ロドリゲスがレヴィアの前で体勢を低くし、《背中に乗れ》と顎(あご)を振って合図を送っている。

「ハンデとして、私を乗せて勝負してやると言っています。人間とグリフォンでは戦闘能力が違い過ぎるので、軽くあしらって終わりにしてくれると思います」

「意外と優しいんだね」

ロドリゲスは、レヴィアを背中に乗せると一足先に空へと飛んでいった。

あのグリフォンそんなに強いのかな？　そこまで強そうには見えないけどなぁ。

「僕も飛ぶか。初級魔法・『フライ』」

飛行魔法を発動し、ロドリゲスの後について上昇していく。

５００Ｍほど上昇したところでロドリゲスはクルッと身を翻し、飛行魔法で飛んでくる僕を待ち構えていた。

僕も同じ高度で上昇をやめ、対峙するロドリゲスとの間合いを測る。

ロドリゲスの背中に乗ったレヴィアが、手綱を引きながらアドバイスを送ってくれる。

「ロドリゲスに勝って認められれば、他のグリフォンもドミニクさんに忠義を示してくれます」

《クエー！》

ロドリゲスが叫び、戦いの火蓋が切られた。

４つのたくましいライオンの足が畳まれ、翼に刻まれた飛行魔法が光を放つ。

風を纏い、ブオン！　っと高速飛行を始めたロドリゲス。僕の周りを縦横無尽に飛び回って攪乱してくる。

「グリフォンは死角を狙って鉤爪を振るいます！　うまく立ち回って躱してください！」

レヴィアの警告通りに、背後から獣が襲い掛かってくる気配を感じとった。

おっと、あの巨体にしては素早いな。

まっ、これだったらぴーちゃんの方が速いけどね。

《クェー！》

「よっと！」

回避のために素早く高度を下げると、グリフォンの鉤爪が頭上を掠めて風圧を起こした。

「躱した⁉　今のに反応できるなんて！　もしや、飛行魔法の実力は私より上なのでは……」

《クェ……》

今の回避でロドリゲスの表情が変わったな。僕を捉える鷲の眼がさっきとはまるで違う。

体を真っ直ぐにし、器用に前足を動かして魔法陣を描いていく。

「魔法を使う気だね」

っていうかあの滑らかな指の動き。着ぐるみの中に人間が入ってるみたいで奇妙だ。

《クェエエエ………》

空間の冷気が集まって、空中に大きな氷の弾丸が４つ生成された。

《クエッー！　『アイスボール‼』》

氷の砲弾が白い冷気を放ちながら迫ってくる。

ロドリゲスが鉤爪の先を少し動かすと、それに連動して氷の砲弾が四方に拡散する。

氷の弾丸を作って飛ばし、操作する初級魔法か。多重効果のある魔法を魔獣が使うのは珍しいね。

「今度は躱しきれないですよ。攻撃魔法は無理をせず防御魔法で防いでください！」

「おっけー。魔法は必要ないけどね」

飛んできた氷の砲弾を、飛行魔法で大きく円を描いて躱し、避けたその1つをガシ！　っと片手でキャッチした。

「は⁉」

《クェ⁇》

氷を摑んだ僕を見て、レヴィアとロドリゲスは目をまん丸にして止まっている。

「キャ、キャッチしたぁ⁉」

《クェ⁉　クエエ⁉》

「え？　そりゃ、飛んできたら摑むでしょ」

「ふ、普通は摑めませんよ！　さっきの飛行魔法といい、何かがおかしいです！」

《グエエ！》

怒ったレヴィアが手綱を強く左右に振り回した。うへ、ロドリゲスが苦しそうだ。

さて、ルールは地面に落ちたら負けだったよな？

ならこんな攻撃魔法じゃなくて、シンプルに敵を墜落させた方が早いじゃん。

目一杯振りかぶり、グリフォン君目掛けて氷の砲弾を投げ返した。

「ふん‼」

《グエエェェ!!!?》

「ロドリゲス!?」

ドス!!　っと鈍い音がし、グリフォン君のライオンボディに、氷の砲弾が見事に食い込んだ。

当たった！　このまま逃がさないぞ。

「初級魔法（オリジナル）・『ジャミング（妨害）』」

妨害の魔力波がロドリゲスの翼を通り抜けると、パリッ！　っとガラスを打つような音が響く。

翼の飛行の魔法陣にヒビが入ったな、もうあの巨体を飛ばせないぞ。

必死にバッサバッサと翼を羽ばたかせるも、どんどん高度が落ちていく。

《グエ！　グエェェェ!?》

「し、しっかりしてくださいロドリゲスゥ！」

ついに疲れ果てたのか、翼の羽ばたきが途絶え、ヒューンっと神殿の庭に向かって墜落していく。

《グエッ！》

「きゃっ！」

ドサッ！　と、お腹から地面に落ち、背中のレヴィアが衝撃で芝生の上に放り出された。

僕の勝ちだな！　ハードルを上げられた割に呆気（あっけ）なかったな。

地上に降りると、グリフォン君とレヴィアが仲良く寄り添ってグッタリとしていた。

「痛ったぁ……今日は墜落させられてばかりですね……まさかロドリゲスをああも簡単に仕留めてしまうとは」

「怪我はないかい？　グリフォン君は手を抜いてくれてたみたいだし、あれくらいなら余裕だよー」

《クェ……》

あれ？　ロドリゲスの奴が、頭を地面につけて平伏のポーズを見せている。

さっきまでの態度はどこへやら、僕を見る目が尊敬の眼差しに変わってキラキラと輝いている。

「こ！　このポーズは！　主人交代のポーズ⁉　今の戦いでドミニクさんを騎士団長よりも強いと判断したのですね！」

仰け反って大袈裟に驚くレヴィア。ブツブツと1人で頭を整理している。

「主人交代って？」

「これはとんでもない事態ですよ！　グリフォンリーダーがドミニクさんを新たな相棒に任命したのです！　つまり、全てのグリフォンがドミニクさんの使い魔になったんですよ」

「えぇ！　い、いきなり困るよ……そのグリフォンって何体くらいいるの？」

「多分、２００体くらいですね」

多すぎるわ！　それって僕が世話しなくてもいいんだよね？

《クェーン》

お腹を見せて寝転がり、ロドリゲスが頭を擦り寄せて甘えてくる。

「まあまあ可愛いけども……」

僕を祝福しようと、神殿の庭にバッサバッサとグリフォンの仲間が集まってくる。

《クエ！》《クエー》

仕方なく、適当に地面にひっくり返してもふもふの顎を撫でてみる。

「おっ、気持ちいい。懐くと結構可愛いじゃん」

「ロドリゲス？　どこへ行くのですか！」

《クエー！》

ロドリゲスは「使命がある！」と言わんばかりの表情で、レヴィアを残したまま大空へ飛び立っていった。

「今後のドミニクさんの処遇についてですが、事が大き過ぎてどうなるのか私には判断がつきません……とにかく、予定通りに王宮の施設を案内しましょうか！」

まさか、騎士団に入ってグリフォンの世話をしろとか言われないよね……？　勝手に使い魔が増えてくなぁ。

第15話　王宮調合室1

　グリフォンたちと別れ、林の中へと入っていく。

　王宮調合室はこの林の中にあるらしい。湿気がほどよくて土も荒れていないし、一般的なハーブを育てるにはまぁまぁの環境だ。

「この林には、まだ騎士団の訓練に加わっていない子供のグリフォンが暮らしています」

「林で暮らしているんだね。元々は自然地帯から連れてきたの？」

「いいえ、不思議な事にグリフォンは神聖獣でありながら『合成魔獣』なんです。王都にいる個体は殆ど繁殖させたものですが、最初に合成で生み出された数頭はファルコンさんが作ったのですよ」

「へぇ、ファルコンさんがねぇ……」

　言われてみれば、あんな奇妙な魔獣は自然地帯にいないか。グリフォンが神聖獣なのは、合成に使用している素材の中に聖域出身の魔獣がいるからだろう。

　しかし、あんな見るからにキメラっぽい人がキメラを作ってるんだもんな……獣人は見かけによらないな。

「ファルコンさんはとっても研究熱心で『キメラ合成』に人生を捧げているんです。実験のために、自分自身を鷹と人間のキメラに変えたんですから！」

「ええ?? 鷹と自分を合成したの？ ってことはあのおじさん、獣人じゃなくてキメラなのか」

「獣人＝キメラみたいなものですよ。ふふふ」

そう言ってちゃかす様に笑うレヴィア。

全然違うだろ……まだ彼女とは付き合いが短いので、王宮ジョークなのか本気なのか読み取れない。

歩き始めて10分弱、林の奥に広がる大きな池の前でレヴィアの足が止まった。

水は少し濁っていて、柔らかそうな泥が底に見える。

「研究室はこの近くです。うっかり足を滑らせて池に落ちないように注意してくださいね」

「巨大生物とかいそうな池だね」

まるでキャンプ気分だな。

池に沿って歩いていると、綺麗な赤色の鯉がスイスイーッと泳いでいるのが見えた。

「綺麗な鯉が泳いでる。あれもキメラだったりして」

「あの鯉にはピラニアの遺伝子が組み込まれています。落ちたら骨だけにされますよー」

「そ、そんな凶暴な遺伝子を組み込まなくてもよかったんじゃ……」

「趣味か、もしくは防犯でしょう。この池はファルコンさんが管理していますから。そろそろ研究室が見えてきましたよ」

池沿いにポツンと立つ、L型の一軒家へと辿（たど）りついた。

絵本に出てきそうな赤レンガ造りの家で、木製の屋根から黒い煙突が飛び出している。

じ、地味だけど広いな。

庭に横長の花壇がある。そこには……枯れたレッドハーブと……あとはグチャグチャで識別不能だ。長い間、放置され、管理されている様子はない。

ふと振り返ると、池を挟んだ向こうに外観の同じ建物がもう1棟建っていた。

「こちらはドミニクさんの研究室で、池を挟んで向かいにあるのがファルコンさんの魔獣研究室です。敷地は仲良く使ってくださいね」

専用の研究室に缶詰め状態にでもされるのかと思っていたけど、建物の外観をみる限り別荘的な感じもする。池で魚釣りとかできそうだし。

「中に入ってみましょうか。長い間、誰も立ち入っていなかったのであまり期待しないでください」

「王宮の施設なのに使われてないのか」

レヴィアから建物の鍵をもらって入口の扉を開く。

ドアノブが錆（さ）びついていて、開くときに嫌な金属音が鳴る。

嫌な予感がするな……。

案の定、充満していたハーブ類独特の花粉と何かが腐った臭いが混じり、嫌な臭いがムワッと鼻に纏（まと）わりついてきた。

恐る恐る家の中を覗(のぞ)いて見る。

薄暗い部屋の中には光の灯(とも)っていないお洒落(しゃれ)なランプが吊るされていて、窓からは外の池が見える。中も外観と同じように絵本風の造りだな。

うーん、悪くはないけど……これって王宮の研究施設としてはどうなんだ？　すごい研究をさせてもらえるかと思ってたら、特に目新しいものはないぞ。

鼻を摘(つま)んだレヴィアに続いて家の中に入る。

「難しい顔をしていますねドミニクさん。確かにこの研究室は長年、使用されていなかったため古くなってしまっています。でも、これを見たらきっと満足して頂けるかと！」

部屋の角(すみ)っこにしゃがみ込み、床の辺りを調べている。

「ふふ！　ありましたよ。開け、地下施設！」

床に魔力が送り込まれると、部屋の中央の床がパカッと開き、地下へと続く階段が出現した。

「おお〜隠し地下室じゃん！　面白そうだ」

「ふふ。降りてみましょう！」

地下への階段を下りると、自動でライトの魔法が発動し地下室を明るく照らす。

部屋中を囲むように棚が並んでおり、その全てにパンパンの資料が入っていた。

「あれらは全て、この王都で研究されたハーブの資料です。禁忌(きんき)の薬品からまだ生成されていない神聖薬まで……王宮調合師の称号を与えられた者には、全てのレシピを知る権利があります」

「す、凄いよ！　僕の知らないレシピがたくさんありそうだ！」

棚から適当な資料を手に取って見てみる。

ふむふむ、遺伝子組み換え草に関する資料もあるな。

何通りも組み合わせのある遺伝子組み換えのパターンを把握し理解するには、実験した例があるのとないのとでは大違いだ。

おっと……資料の隙間に、ビニールに入った乾燥ハーブがある。珍しいハーブも残っているみたいだ。偉大なる学者たちの手によって残されたハーブの研究資料か。まさに『王宮』の名に相応しい報酬だな。

1階に戻り、部屋にある備品などを調べてみる。

ランプは何とか光ったけど、備品はすっからかんだなー。

「誰もいないね。他の研究員はいないの？」

「基本的に王宮の施設には、称号を持つ者かその関係者しか入れませんので、ドミニクさんが研究員を募ってください。ですが、地下室のレシピは外部に漏れないよう、王宮調合師として厳密に管理してくださいね」

自分で研究員を雇ってもいいんだな。前にエドワード王子から聞いていた通り、アイリスを連れてきても問題なさそうだ。

本当なら彼女が王宮調合師に任命されていてもおかしくなかったわけだし。それにしても、今彼女にレシピを見せてあげられないのが悔やまれる。

「後は、申請さえすれば食事代から娯楽代まで全て国が負担してくれますよ」

「凄い待遇だね。研究だけしてれば遊んで暮らせるじゃん」

「ふふ、そういうわけではありませんよ」

何かをはぐらかすように笑ったレヴィアは、台所の下から雑巾を取りだすと穴の空いてそうなバケツに水を入れ始めた。

「さて、簡単に吹き掃除をしましょうか。『王宮』の称号に選ばれた研究者の最初の仕事は、この使われていない施設の掃除や雑用と決まっています。私もそうでした」

バケツの中の水も濁ってるじゃん。これじゃ綺麗にならないぞ……。

「わざわざ雑巾で拭かなくても、これくらいの汚れなら『浄化』の魔法で一瞬で綺麗になるよ」

「浄化は聖水を作る魔法ですよ？　あぁ、字面だけみれば確かにそう見えなくはないですが……サボりたい気持ちも分かりますが、まずは地道に雑巾掛けから始めましょう」

ダメな弟を諭すような視線を浴びせられる。

聖水を作るときに使う『浄化』の魔法は、部屋の掃除にも使えるんだけど。まさか王宮魔法師のレヴィアがご存じないなんてことはないよな？

「まぁ見ててよ、ホコリなんかも綺麗に取れるよ」

「ドミニクさんって意外と頑固なんですね～」

長年、放置されていた部屋が汚れる原因。それは、空気中のエレメンタルが汚れて『ホコリ』となり、部屋に落ちるからだ。

つまり、エレメンタルを浄化して汚れを落とせば、ホコリは自然と空気の中に溶け込んで消える。

「初級魔法(オリジナル)・『プリフィケイション(浄化)』」

足下に描いた大きめの魔法陣から、『浄化』の光が噴水みたいに飛び出し、キラキラと部屋中に溶け込んでいく。

「そ、そんな……部屋中のホコリが消えていきます！　こんな強力な浄化の魔法は初めて見ましたよ……」

「浄化の魔法は調合魔法の基礎だからね。普通だよふつー」

せっかく部屋も綺麗(きれい)になったし、調合したくてうずうずしてきた。

台所の隣が調合場か。お試しでポーションでも作ってみたいけど、この研究室にはまだ調合器すらない。

こんなときのために『収納(ストレージ)』の空間に調合道具をしまっておいてよかった。

パパッと魔法陣を描いて呪文を唱える。

「ふふん～。古代魔法・『収納』」

空中に大きな白い収納の狭間(はざま)が現れ、頭の中に収納中のアイテム情報が流れ込んでくる。

えーっと、調合器と適当なハーブはっと～。

「でぇぇ!?　ちょっとドミニクさん!!　その魔法はもしやぁ!!」

いきなりだみ声で叫び出したレヴィアは、僕の両肩を摑(つか)んで、物凄(ものすご)い剣幕で顔を近づけてくる。

「え、普通に収納の魔法だけど」

「何しれっと古代魔法を使ってるんですか⁉　き、聞いてないですよ！　貴方、調合師じゃなかったんですか⁉」

「げ！　いやっ、これは収納の魔法じゃなくて……えっと……」

やば！　じ、地味過ぎて忘れてたけど、収納の魔法は古代魔法だった！

急いで収納の狭間（はざま）を両手で挟んで、力一杯押し潰して掻（か）き消す。

「ハハ……ライトの魔法を失敗しただけだから気にしないで！」

「め、目の錯覚でしょうか？　いえ、きっとそうです！　収納の魔法など使えるわけがありませんし」

くっそ、収納魔法がダメなら直接、自分の家まで取りに行くしかない。

「ちょっと荷物を取ってくるから待っててね。古代魔法・『ワープ（空間転移）』」

「ええ？　えええぇぇ⁉　今度は転移系統の魔法ですよ！　待ってくださいドミニクさーん！」

転移の狭間に片足を突っ込んでいた僕の腰の辺りを、レヴィアが鬼の形相（ぎょうそう）で掴んでくる。

げ！　これも古代魔法じゃん！　レヴィアも一緒に転移されちゃうぞ！

「は！　離してレヴィア！」

「嫌ですよ！　ってきゃぁぁ！」

狭間が吸い込む力を増し、一瞬でレヴィアと共に飲み込まれた。

ゴロゴロゴロ！　っと2人仲良く、踏み慣れた我が家のリビングの床に転移魔法で放り出される。

「ハッ！　ここはどこですか！」

やっぱり、レヴィアも一緒に転移されちゃったのか……。

うちの内装には似合わない騎士の鎧を纏った少女が、挙動不審に部屋を見回している。

もう言い逃れできないし、転移系統の魔法が使えるって話すしかないか。

「ここはエリシアスにある僕の家だよ……さっきのは転移魔法で、レヴィアは巻き込まれてここに転移されたんだよ」

「今のが古代人が生み出した転移魔法なのですか……？　ほんの数秒で空間を転移してきたのですか……し、信じられません！　ドミニクさん！　私に転移魔法を教えてください！」

「えぇ⁉︎　ちょっと！　痛いってレヴィア！」

腰の辺りに硬い鎧の胸部がガツガツと当たり、しかも、必死に制服のネクタイを引っ張ってくる。

王宮魔法師としては、魔法のこととなると探究心を抑えられないみたいだな……。

そんなことを呑気に考えていると、不意にリビングの扉がガラガラッと開く。

「にゃー……ドミニク様ぁ。お帰りになられていたのですか？」

メイド服姿のルミネスが現れ、寝ぼけ眼をゴシゴシと擦っている。

げっ！　ルミネスだ！　レヴィアを見られたら不味いぞ……。

いきなり女の子を家に連れ込んだりして、しかも相手は騎士だし魔神の敵っぽいよな……。

レヴィアが腰を掴んだまま振り返り、戸惑いの眼を向けてくる。

「……ええと、あの猫耳メイド服はドミニクさんの趣味ですか？」

「そ、そこ⁉　ま、まぁ嫌いではないね……」

斜め上の質問をして、納得した顔で頷くレヴィア。

ついにルミネスも、うちに現れた不審者の存在に気づいたようだ。

「にゃ⁉　そ、その小娘は！　貴様！　ドミニク様の奴隷ならばメイド服を着るのだ‼」

「奴隷⁉　誰ですか貴女は⁉　きゃぁ！」

一触即発の空気かと思いきや……スタタタっと、自分の部屋からメイド服を取ってきて、レヴィアの鎧を力ずくで脱がせようとする。

「にゃぁ！　早く着替えるのだ！　ドミニク様の機嫌を損ねてしまうのだ！」

「えぇ！　自分で着替えるのでやめてくださいよぉ！」

こ、この2人……僕ってそんなにメイド服が好きそうな顔してるのか⁇

その後、落ち着きを取り戻したレヴィアに、ルミネスが僕の使い魔で記憶を失った魔神だと説明しておいた。

意外にもレヴィアは、僕の予想に反して「へぇー」っと薄い反応であった。神聖なる騎士と

邪悪な魔神の間には、特に敵対関係はないようだ。

もしくは、彼女が魔法の話題にしか興味がないだけか。

2人を連れて王宮調合室へと転移する。

「ドミニク様。ここは新たなアジトですか？　私の部屋はありますか？」

「むむ……この服も意外と悪くないです」

研究室をそわそわと嬉しそうに駆け回るルミネス。

レヴィアは、慣れないメイド服に着替えて恥ずかしそうにしているが、少し満足気だ。ちなみに、背丈やサイズはルミネスとほぼ同じだった。

「ルミネスの部屋はないけど、自由に使っていいよ。それより、部屋の片づけを頼みたいんだけど」

「にゃ！　かしこまりました！」

敬礼すると、せっせと部屋の片づけを始めるルミネス。元気に2階への階段を上っていく。

浄化の魔法で綺麗にはなったけど、壊れた家具や穴の空いてしまっている床はそのままだ。

「さて、案内もまだ残ってるだろうけど、もう少しだけ時間をもらってもいいかな？」

「私は構いませんよ。今日の案内の為に予定を開けていましたので」

調合の研究をするのにアイリスの存在は欠かせない。転移の祭壇を作って、薬草学部の部室とここを繋ごう。

そのために必要な人材を集めてくるか。

再び転移魔法でエリシアスへと飛び、祭壇を作れそうな人材を連れてきた。

売店の店番で暇そうにしていた、魔導具部のウーリッドとトム先生の親子だ。

「事情は今説明した通りなんだけど、トム先生とウーリッドにもこの家のリフォームを手伝って欲しいんだ」

「リフォームっつったってなぁ。学生の身分で家をもらうのは教育上いかがなものか」

「パパ。ドミニクくんは特別……！」

あまり乗り気じゃないみたいだけど、トム先生には天空山での貸しもあるし手伝ってくれるだろう。

流石に家の中に祭壇を作ると邪魔になるし、花壇の隣に作ってもらうか。

「ここに祭壇を建てて欲しいんですよ。それと、家具作りなんかも得意ですよね？」

「祭壇は養成学校にあるやつでいいのか？　家具作りも問題ないが、無料じゃ引き受けられないぞ！」

急に商人の顔になったトム先生。

「お金は全て国が負担してくれるので問題ありません。作業費込みで１００万Ｇくらいでどうですか？」

「やるぞ、ウーリッド！」

「うん……!!」

即答でオッケーが出た。

相場はいまいち分からないけど、小さな祭壇を1つ作るには多いくらいだろう。中に置く転移の石板はこっちで用意するわけだし。

祭壇の中に転移魔法を刻んだ石板を祀れば、転移の祭壇の完成だ。

ここと薬草学部と僕の家を繋いで、部屋の管理はルミネスに任せるか。そうすれば、学校と家から王都の研究室へ自由に移動できるぞ。

さて、今のうちにエリシアスの遺跡から、サクッと石板を取ってくるか。

古代魔法を普通の魔法石に刻むと、魔力に耐え切れず魔法石が破裂してしまう恐れがある。宝玉か、古代の石板に刻むのが無難だ。

エリシアスに転移しようとしたとき、研究室の片づけをしていたレヴィアとルミネスが外の様子を見にやってきた。

「にゃー、ドミニク様ー」

「ひ、人が増えています……また転移魔法で連れてきたのですか？」

そうだなー、せっかくだから2人も連れて、転移魔法を刻む石板を取りにいくか。

「うん。養成学校の売店の人たちだよ。それより2人とも、ちょっとゴーレム退治を手伝ってもらえないかな？」

「「え？」」

2人ともキョトンとした顔をしていた。

第16話　ゴーレムの石板集め～太陽の遺跡～

転移の狭間(はざま)からエリシアスの遺跡のロビーへと降り立つ。

「今あそこの奴ら、転移の狭間から出てこなかったか？」

「んなわけないだろう。妙なパーティだがな」

突然現れた僕らに、近くを歩いていた冒険者がギョッと二度見していた。

今日は冒険者が多いんだな。転移魔法を見られたかも……。

レヴィアとルミネスはメイド服、僕は制服だ。この組み合わせなら、転移魔法に関係なく二度見されても仕方ないよな。

レヴィアはエリシアスの遺跡に来るのは初めてらしい。周りの視線よりも、神秘的な造りのロビーに夢中になっていた。

「ここがエリシアスの遺跡ですか。王都の遺跡よりも整備されていますね」

「王都にも遺跡があるの？」

「はい。しかし、ギルドが管理していないので内部の情報が殆どありません、気軽に人が立ち入れる場所ではありませんね」

そうなのか。エリシアスの遺跡は状態も割とよく、各国から研究者が集まるのと比べ結構違うね。

さて、今回のターゲットは、養成学校課外授業のときに遺跡で戦った石板の操り人形『ゴーレム』だ。

僕のSSSランク・ファラオの名前の由来になった、キングオブファラオが操るゴーレムは、上質な魔法の石板で作られている。そいつを砕き、ほどよいサイズにして持ち帰る。

「受付を済ましてくるからそこで待っててよ」

ルミネスとレヴィアに祭壇の前で待機してもらい、受付へと向かう。

受付から相変わらずのカエルローブが顔を覗かせている。受付嬢の『ケロリア』さんには先日、オークションで会ったばかりだ。

「やっほ～ドミニク君、近頃よく会うね～。今日は授業はお休み？」

「こんにちは、今日は僕だけお休みなんですよ。ゴーレムがいっぱい出るクエストをもらえますか？」

「はいはいっと！　このゴーレム退治のクエストでいいかな？　わざわざ退治クエストを受けなくても、遺跡内部にいくらでもいるんだけどね～」

まぁ、そうなんだけどね。事前にクエストを受けておくと、討伐の証をギルドに渡すことで報酬をもらえるし、ちょっとお得になる。

「このクエストを受注させていただきます。ありがとうございました」

「ほほいぃ、頑張ってね～」

ケロリアさんからクエストをもらい、再び2人のいる祭壇まで戻る。

「ただいまー、クエストをもらってきたよ。早速、遺跡の中に入ろうか！」

「ちょ、ちょっと待ってください！」

祭壇に触れようとした僕の手を、レヴィアが慌てて防いだ。

「先にクエストを見せてください……不用意に遺跡の内部に入るのは危険です」

「そんなに難しいクエストじゃないし心配ないよ」

クエスト用紙を渡すと、レヴィアは食い入るように隅から隅まで目を走らせている。

心配症というか真面目というか……いかにもレヴィアらしい。

「むむ、これはゴーレムを倒すクエストですね……ドミニクさんは調合師。ルミネスも近接が得意には見えませんが……魔法の効かないゴーレムをどうやって倒すつもりなんですか？」

「「ん??」」と、僕とルミネスは同時に首を傾げた。

……ゴーレムをどうやって倒すかだって？　質問の意味がよく分からないな。

確かに、ゴーレムの体に使われている石板は魔法耐性が強いけど、特に問題はない。

「魔法の威力は軽減されるけど倒せないってほどじゃないね。でも、ルミネスもいるし、適当に殴っても倒せると思うよ」

「石板のゴーレムを殴って倒す??　ゴーレムは自動人形ですから、操作している術者を探しだして倒すということですか……」

いちいち、ゴーレムを操っているファラオを探しだすなんて時間の無駄だ。レヴィアって警戒心が人一倍強いタイプなんだな。

「僕は転移魔法が使えるし、ルミネスも飛行魔法が使えるよ。何かあったら飛んで逃げるか転移するよ」

「わかりました、騎士として覚悟を決めるしかないようですね！」

納得したレヴィアを連れて、遺跡内部へとワープした。

ワープで暗転していた視界が戻る。

目の前に遺跡の白い壁があり、青空に浮かぶ太陽から日光が降り注いでいた。

「ここは……外に出たようですね。遺跡の地下に潜る(もぐ)のではなかったのですか？」

「いや、この遺跡の内部は空が見える構造になってるんだよ。実際に空があるわけじゃないんだ」

「にゃー、魔法によるイメージ映像ですね」

早速、目的のゴーレムを見つけにいきたいところだけど……今日の遺跡はいかんせん冒険者が多い。

他の冒険者とのトラブルや無駄な戦闘は避けたいし、『隠蔽(いんぺい)』の魔法でみんなの姿を隠しておこう。

「2人とも僕の近くにきて。隠蔽の魔法を掛けるから」

「はい！」

「隠蔽ですか？」

2人に光学迷彩の魔法を掛けると、バチバチッと電気が走って姿が見えなくなる。

何もない空間から、透明化した2人の驚きの声が聞こえる。

「全身がスケスケなのだ！」

「光学迷彩だよ、レヴィアも使えるでしょ？」

「むむ……原理が分かれば使えそうな気はします。しかし、王都でドミニクさんが使っていたのはこの魔法でしたか」


ゴーレムの体に使われている石板は、下層に行くほど質が上がるとクエスト情報に書いてある。今回は転移魔法を1つ刻める石板があればいいので2層目を目標にした。

砂の通路を探索中の冒険者たち、モンスター部屋には犬型の魔獣スフィンクス、隠蔽の魔法は魔力波を遮断して気配も断つことができるので、彼らの横をバレずに素通りしていく。

遺跡はちょっとした通路と部屋、そして『生命の宝玉』との組み合わせで作られている。

遺跡に複数設置された生命の宝玉からは、無限に魔獣が召喚され続ける。なので、通路の途中でも魔獣が出てきたり、誰かの取り残した素材やお宝が落ちてたりする。

「魔獣にすら気づかれないとは……この魔法の性能は反則過ぎますよ。後で私にも教えてくださいね」

レヴィアは王宮魔法師なんだよな？　転移魔法はともかく、隠蔽の魔法にまで興味を示すなんて不可解な気もする。

「くんくん、匂うのだ……ドミニク様、この近くにゴーレムがいます！」

ルミネスが鼻を鳴らす。嫌な気配を感じ取ったようだ。

今まで通りすぎてきた部屋よりも、一際大きな砂の部屋が見える。

隠蔽(いんぺい)の魔法を解除し、部屋の入口に手をかけて中を覗(のぞ)き込む。

これはレアモンスター部屋ってやつだな……部屋の真ん中あたりに赤く光る石板と青く光る石板がそれぞれ6つずつ転がっている。

レヴィアが僕の肩に手を乗せて部屋の中を覗き込み、唐突にゴーレムの解説を始めた。

「あれはエレメンタルゴーレムですよ！　属性に特化した石板を使ったレアゴーレムです。赤色の石板を持つゴーレムには火属性の魔法は通じませんよ」

となると、火と水以外の魔法で攻撃すればいいんだな。

「ゴーレムは人の気配に反応して動き出します。近寄ると一気に袋叩きにあいますよ！」

石板の数をパッと見た感じ、この部屋にいるゴーレムの数は2体だ。近づくと同時に襲い掛かってくるだろう。

「そっか。じゃあ行こうか」

「ではドミニク様、作戦の通りで！」

ルミネスに目で合図し、ゆっくりと室内に侵入する。

「ちょ、ちょっと！　話を聞いていましたか？　危険過ぎます！」

レヴィアはなぜか入口で顔を引きつらせて突っ立っている。

「動きました！」

「うん、僕は赤い方を倒すよ」

僕とルミネスの魔力に反応し、左側の赤色の石板の『火のゴーレム』が、ブォォっと奇妙な音を立てて宙に浮かび上がった。引っ付いてゴーレム化しようとしている。

右側の青色の石板の『水のゴーレム』も一歩遅れて宙に浮かび上がる。

「さて、先手必勝だな。初級魔法（オリジナル）・『ライトニング』」

右手で魔法陣を描き、『稲妻』の魔法を放つ。

ズバーン‼　っと火のゴーレムに稲妻が走り、衝撃で爆発音を鳴らして砕けた石板が地面に落ちる。

ゴーレムの魔法耐性は、合体する前だと大した効果を発揮できない。そう踏んで先手で攻撃を仕掛けてみたんだけど、結構簡単に貫けたな。

ダメならダメで、複数詠唱で貫けばいいだけだしね。

今度は右側の石板がブォォっと奇妙な音を立てて合体していく。

「勝負なのだ！　岩っころ！」

ルミネスが右側の水のゴーレムへと駆けだし、勢いよく右の拳を振り抜く。

ドン！　っと、水のゴーレムの体に重い衝撃が走り、ガラガラと青色の石板の一部が砕けて地面に転がった。

「し、信じられません！　ゴーレムを殴って砕くなんて！　それに今のは光の上級魔法ライトニングでは！」

ん？　レヴィアが部屋の外でへたり込んでいる。やっぱり、戦闘は苦手みたいだな。

ルミネスはああ見えて、手数の多い近接だ。

ゴーレムがひっつく前にパンチを連打し、ガンガンと石板を砕いていく。石板がひっつく前に殴る、蹴るのシンプルな作戦らしい。

あっという間に、水のゴーレムは原形を止めないレベルに破壊された。

ちょっとやり過ぎたかな……僕の倒した方は大丈夫だけど、ルミネスの方は素材としては使えないな。

「さて、収納の魔法を発動してっと～。この中に石板を放り込んで」

「わかりました！」

１Ｍくらいの平らな石板を両手で持ち上げ、白い狭間に放り込む。

結構重い。石板を回収したらまた研究室に戻ろう。ウーリッドたちの祭壇の設計もある程度進んでいる頃だろう。

石板を放り投げる僕たちに、レヴィアが目を輝かせながら近寄ってきて、なぜか頭を下げた。

「あ、あの！　お２人がＡランクの冒険者に匹敵する強さだとは知りませんでした！　私も騎士の身でありながらまだまだ未熟ですね！」

うーん、普通にゴーレムを倒しただけで、やけに大袈裟だな。

「ルミネスも凄(すご)かったですよ。華奢(きゃしゃ)な体に見えて格闘術が得意なのですね！」

興奮気味のレヴィアを見て、ルミネスは鼻高々に語り始めた。

「ふむ。レヴィアよ。石板を砕く力が欲しければドミニク様に使い魔としてお仕えすればよいのだ」

「そ！　それはどういう意味ですか⁉」

……また勝手に使い魔を増やそうとしてるな……レヴィアは人間だから無理だろ。

「ドミニク様の魔力供給を直(じか)に受ければ、力が人外レベルで溢れてくるのだ！」

「な！　なるほど。それはありかも知れません！」

自分の体をペタペタと触って、何かを確かめている。

本気じゃないよね？


「古代魔法・『収納(ストレージ)』」

石板はあらかた回収し終えたな。

レヴィアが、ルミネスの砕いた青色の石板を拾い上げて魔法陣を刻み込む。

「見ていてください。いらない石板をちょっと拝借します」

地面に置いた石板から、水がチョロチョロと溢れ出してきて砂地に染み込んでいく。

そよ風も吹いてるし、少し涼しくなったな。

レヴィアの魔法によって、ほどよい水のエレメンタルが部屋の中を流れている。

「ふふ。これは私のオリジナルの水魔法で、周囲に清涼さと癒しを与えます」

「にゃー、涼しいのだ！」

「涼しくなったね。休憩がてらに石板を囲もうか」

部屋の中央に適当に固まって空を見上げる。

ここは遺跡の2層目だけど、1層目と同じく天井が存在しない。

僕たちがまったりとしていると、部屋の入口から声が聞こえる。

「部屋の中に誰かいるぞ」

「やめとけ！　奥にいる女は騎士だぞ……」

冒険者のパーティが通路を通りかかったようだ。

だけど、横目に部屋を覗くと、舌打ちをし、そそくさと逃げていく。

「何で逃げてくんだろう？」

「私がいるからでしょう。エリシアスの冒険者は、結界外の人間とのトラブルを避けますからね」

エリシアスと王都の人間は敵対し合っているわけではないけど、競争意識的なものがあるようだ。

歓迎会のときと違って、今日この遺跡は養成学校の貸し切りじゃないので仕方ないか……。

そう思った矢先に、やたら大きな声で騒ぐお兄さん冒険者のペアが部屋の中へと入ってきた。

「どうなってるんだ⁉　君たちがこのゴーレム部屋を攻略したのか⁉」

「滅茶苦茶じゃないか、部屋中が砕けたゴーレムの残骸だらけだ」

確かにやり過ぎたかな……あちこちに粉砕されたゴーレムの欠片が散らばっていた。

「こんにちは！　よかったら休憩してってくださいね。僕の仲間が涼しくなる水魔法を発動させたばかりなので」

「お、おお……悪いな」

ポカンとするお兄さんに部屋で休むように勧めると、他の冒険者たちもつられて集まってきて、ちょっとした人だかりができた。

やはり、みんながみんな敵意を向けてくるってわけじゃないようだ。

少し冒険者たちから離れたところで休んでいると、はぁーっと、レヴィアが溜息をついた。

「しかし、驚きました。素手でゴーレムを粉砕など可能なのですね」

「脆いポイントとかもあるし、弱点を突けば意外と簡単に倒せるよ。相手が鈍足なら『解析』の魔法を飛ばして弱点を探すのもありだね」

「むむむ。まずは敵を知れと……？　そういう問題なんですかねぇ……」

そう言いながらも、熱心にメモを取るレヴィア。

彼女は王宮魔法師だし、素手での戦闘に慣れれば楽勝でゴーレムを粉砕できるはずだ！　多分ね。

「にゃー、眠いのだ……」

ルミネスは久々の戦闘でストレス解消したのか、ふぁ～っと欠伸をし、上機嫌に猫耳を揺らしている。

無事に遺跡から脱出し、ケロリアさんにゴーレム討伐の証明として、ゴーレムの石板の一部とクエスト用紙を手渡す。

「ケロリアさーん。換金お願いします」

このクエストは、石板を研究する考古学者が出したクエストのようだ。もちろん報酬は、ギルドから支払われることになる。

「お疲れ様～。もうゴーレムを倒してきたんだね。さっすがドミニク君！　冒険者カードを出してもらえるかなー」

「冒険者カードですね。はい、どうぞー」

「えっ！　これって……」

冒険者カードを確認したケロリアさんは、ビクッと肩を震わせた。

目がウルウルと潤(うる)み、同情の視線を感じる。

「ルーシス校長の仕業だね……学生でギルドの職員にされるなんて大変だね……」

「あ、気づきましたか……頑張ります」

ギルドの職員になったってことは、特定の職員が冒険者カードを見ると分かるようになってるんだっけ？

過去にケロリアさんも、ルーシス校長に利用された経験でもあるのかな。

た。


「めげずに頑張ってね！」

「は、はい……」

グッと、同士の握手を交わす。

そして僕は、カウンターの上にジャランと置かれた5万Gを布袋に入れると、受付を後にした。

「ただいまー」

無事に石板を手に入れ、王宮調合室に帰ってきた。

「にゃー……」

そのまま、部屋の柱に背を預けてルミネスは座り込んでしまった。

暴れ回って疲れたのか、目を瞑ったまますーすーと寝息を立てている。

「寝てしまいましたね。ついさっきまでゴーレムを破壊していた人物とは思えません」

「はは、子供みたいだね」

ルミネスにブランケットを掛けると庭へと出る。

そこでは、魔導具部の親子2人が何やらメモに図を描いていた。

祭壇の完成図の構想を練ってるようだ。

「おかえりドミニクくん……いまプランを練ってるところ……」

「ここには工具も材料もないんだ。効率を考えるなら、魔導具部で祭壇を作ってからここに運ぶのが最善だろう。それで問題ないかドミニク？」

「わかりました。トム先生の案の通り、完成した祭壇を僕がここに転移させますよ」


一旦２人を魔法商店へ送り返すと、僕は庭でさっき手に入れた石板を加工することにした。

「さて、今から『転移の石板』を作るよ」

「転移の石板ですか⁉　それはとても興味があります……」

『収納』の魔法を発動させると、ドドドっと白い収納の狭間から石板が庭に落ちてきた。

「この石板を綺麗に加工し直して、転移魔法の魔法陣を刻むんだ」

「ここに道具はありませんよ。どうやって石板を加工するんですか？」

「形成と強化の魔法だよ。見てて」

材質を強化する魔法『オリハルコンマテリアル』を使い、石板をオリハルコン級に強化する。

祭壇に飾るのに相応しくなるようなデザインにしないとな。角は取って光沢もつけよっとー。

できた！　持ち運べるコンパクトサイズで重量は軽く、見た目は高級感のある真っ黒な四角い石板だ。

この石板をベースとし、外に設置する転移の石板も作る。

外に設置する石板からは、研究室に飛ぶことしかできないけど、このやり方が一番シンプルで簡単だ。

「仕上げにゆーっくりと転移魔法を刻んでっと！」

「え？　ゆーっくりと？　刻む？　え？　え？　ゆっくり⁇」

「よーし、完成！」

「ええ⁉　ちょっと速すぎて、何がなんだか分かりませんでしたよ！」

うーん、そこそこゆっくり刻んだんだけどな……。

レヴィアには転移魔法を教える約束をしたけど、僕以外の人間が古代魔法を習得するのは難しいと思う……僕も自分がなんで古代魔法が使えるのか分からないしね。

さて、後は祭壇の完成を待つのみだな！


少しの間庭で休憩していると、空から《クェーン》っと鳥の鳴き声が響いた。

あれは……グリフォンリーダーのロドリゲスか。

「ロドリゲス……まさかあの子！」

レヴィアが、意味深な表情で空を舞うグリフォンを見つめている。

どうかしたのかな？

「ドミニクさん！　申し訳ありませんが、私は大事な用ができてしまいました！　施設の案内はここで失礼します。この後、向かいの研究室にいるファルコンさんを訪ねてみてください。それでは！　『飛行』魔法！　発動！」

レヴィアの体がふわりと浮き上がる。

「池の向かいの建物だね。分かったよ、気をつけてね」

シュバ！　っと勢いよく空に消えていった。

ふと池の方を見ると、さっき見かけた鯉が水面にプカプカと口を出していた。

鯉か。確かピラニアの遺伝子が組み込まれてるんだっけ？

ルミネスは寝てるし、家を離れる前に門番が欲しいな。番犬、いや番魚的な魔獣を用意しよう。

収納魔法から、餌になりそうな食料を探してみる。

パンの耳なんてどうだろう？　これを池に撒けば鯉を誘き寄せられそうだ。

「鯉くんおいで～！」

ポイっと池にパンの耳を放り投げると、ギョギョギョッ！　っと変な鳴き声と共に魚が集まってきた。

来た来た。雑食なんだなー。

「古代魔法・『エインシェント・ゴールデンエイジ』」

遺伝子強化を鯉に向かって放つ。

魔法陣からキラキラと黄金の光が池へと降り注ぐ。

へぇ、これがピラニアの遺伝子かー。イカとかタコみたいな足がある種類もいるんだな？

不思議なもんだー。

泳いでいた鯉を3匹大きな古代魚っぽいのに進化させ、ついでに泥棒撃退用の水魔法を仕込んだ。

これで番魚の完成だ！

「魚くん、いいかい？　この家に誰も入らないように池から見守っててね」

《ギョ、ギョイ！》

バッシャーン！　と、青緑の尾びれで水しぶきをあげ水中に消えていった。

鯉の面影はなくなっちゃったな。

《イカッス！》

あれ？　今、1匹だけ魚じゃないイカみたいな奴が混じってた気がしたんだけど……まっ、いっか！

第17話　王宮調合室2　Sideルミネス

「む……にゃっ……!?　誰もいないのだ」

目を覚ますと、調合室に1人取り残されていた。

ドミニク様は出かけられたようだ。戻ってくるまでアジトの片づけでもしておくか。

「よいしょっと！」

階段を上り、2階の手すりに沿って通路を進んで行く。

「うむ。第二のアジトとしては悪くない広さだ。ぬ？　こんなところにクローゼットがあるのだ」

通路の途中にウォークインクローゼットを発見した。

中に入り、吊るされていた服を引っ張り出してみる。

「こ、これは……!?　モダンなメイド服なのだ！」

水色の綺麗（きれい）な生地に、白いエプロンがついた今風のメイド服だ。私の着ているメイド服よりもスカートの丈が短く、華やかで可愛い。

パッと、メイド服を鏡の前で合わせてみる。

「か、可愛い……こ、このメイド服があればドミニク様にもっと可愛がってもらえるかもしれん‼」

着ていた地味目なメイド服を脱ぎ捨て、可愛らしい水色のメイド服に着替えた。

鏡の前でクルッとターンし、いつものポーズを決めてみる。

「完璧だ！　より一層、ドミニク様の使い魔に相応しいメイドになれたのだ！」

片づけに戻ろうとしたそのとき――。

ズドン‼　っと、大きな衝撃音が外で響いた。

「い、今の音は何なのだ⁉」

衝撃波が2階の窓に当たり、ガタガタと音を立てて揺らしている。

まさか敵襲か⁉　ドミニク様のアジトに奇襲を掛けようなどと命知らずな奴なのだ。

通路に伏せたまま魔法陣を描く。

「中級魔法・『サーチ』」

魔法陣から光が飛び出し、窓の隙間から外へと飛び出していった。

「近くには気配はない……ん、この気配は……ドミニク様と……もう1つは神聖獣の気配か」

池の向こう岸からドミニク様の気配を感じる。

どうやら奇襲ではなかったようだな。とにかく、様子を見にいってみるのだ。

調合室から飛び出し、玄関の扉を開けて外へ飛び出す。

「にゃ？　あれは？」

向こう岸に見える研究室の屋根が破損しているのだ。何かが天井を突き破って飛び出したのか？

バチャバチャッ！　と水の弾ける音がし、池から吸盤の付いた触手が飛び出してきた。

「にゃあ⁉」

瞬く間に私の両足首に絡みつき、追い討ちを掛けようと更に数本の触手が池からバシャバシャ！　っと飛び出す。

こいつ！　身動きが取れない……自由を奪われる⁉

腕に、腰に絡みつき、ズルズルと池の方へと引きずり込まれていく。

「離せ！　こ、こいつはクラーケンなのだ！　こんな池に住んでいたのか！」

この程度の攻撃にやられる私ではないのだ‼

脚力で強引に地面に体を固定すると、ピタっと引っ張られる力が収まった。

「ふっ、クラーケンごときが調子にのるなっ！　パワーなら負けないのだ！」

《イカッス！》っと、池から謎の鳴き声が聞こえ、今度は巨大な水の竜巻がズバババ‼　っと水しぶきを上げながら、襲いかかって来た。

「メイルシュトロームまでぇ⁉　にゃぁぁ！　ドミニク様ぁ！」

躱そうにも身動きが取れない！

手強い……こいつはただの魔獣ではないのだ。

なす術なく水中に引きずり込まれ、池の中から上を見上げる。

「ルミネスー！　大丈夫ですか！」

声が聞こえた……今のはレヴィアか？

何とか浮上して水面から顔を出すと、レヴィアが飛行魔法で宙を駆けていた。

「きゃっ！　ぬるぬるです！　油断しましたぁ！」

隙だらけだったレヴィアの足に触手が絡みつき、一気に池の中へと引きずり下ろした。

にゃー……奴はあてにならんのだ。

しかし、あの数の触手にメイルシュトロームの魔法はおかしい。自然の魔獣にしては強すぎるのだ。

体に絡まっていた触手を摑み、集中して魔力波を読み取ってみる。

にゃ？　このクラーケンからドミニク様の魔力を感じるのだ！

まさか……。

「いや、間違いない！　こいつはドミニク様が魔法で強化した番犬ならぬ番イカだな」

しかし、何故、触手魔獣などを番犬に？

第18話　神聖獣

「いやー、めちゃくちゃ懐いてるねえー。不思議だねえー」

「よしよし、ごろごろー」

横になってお腹を見せて甘えてくるグリフォン君。その顎をよしよしと撫でる。

レヴィアに言われた通り、ファルコンさんの研究室にきたんだけど、玄関先で元気過ぎる子供グリフォンに懐かれ、遊び相手をさせられていた。

ファルコンさん曰く、この子たちは僕に親並みに懐いているらしい。これも、グリフォンリーダーのロドリゲスに認められたお陰なのかな。

《クエ、クエッ》

《コケー》

一角に柵が設けられ、中を色彩鳥がうろうろしている。

試しに野菜をあげてみると、バリバリと美味そうに嘴で突いて食べる。キメラには、見かけによらずベジタリアンが多いんだとか。

それはそうと、僕の魔力を吸って倒れた色彩鳥はすっかり元気になっていた。どうやら、お腹が空いていただけだったみたいだ。

《クェ！》

「ここではキメラを作ってるんですよね？」

「そうだよー。君なら自分でキメラを作れそうだよね。『合成』の魔法は使えるんでしょ？」

「合成は得意魔法の1つですね。でも、キメラについてあまり詳しくないんですよ」

「仕方ないなー。私のオススメを教えてあげるよー。まっ、適当に見ていってねー」

ゆるい感じで研究室の中へと案内された。

天井に魔法陣を模したシャンデリアがついてること以外は、調合室と部屋の作りはそう変わりない。

部屋のど真ん中に、大型の魔獣が入れそうな透明なカプセルが置かれている。あのカプセルの中にキメラを生み出すのかな？

「これがキメラの資料だよ。その中から好きなのを選んでねー」

ファルコンさんから渡された分厚い資料をテーブルの上に置き、パラパラとめくる。

「この研究室では『核石』と呼ばれる魔獣のDNA情報を抜き取った石を作り、それを『合成』の魔法で掛け合わせてキメラを生み出すんだー」

「野生にはいない魔獣を作れるってことですね。魔法が得意な種族がいいなぁ」

部屋にあった棚を見てみると、歪な形をした赤、紫、黄色の小さな魔法石が置かれている。

あれが核石か……『分離』の魔法を使って魔獣のDNA情報を抜き取ってるんだね。

「分かりやすく言うとだね。合成魔法によって核石のDNA情報と魔獣の素材が混じり合い、体を構成する細胞が生まれるんだよ」

「なるほどー。サラッと説明されると簡単そうに聞こえますね」

　ちなみに、核となる部分がどこなのかは秘密なんだと。恐らく、竜族の宝玉にもなる心臓部か何かだろうけど。

　並べられた核石を観察していると、ファルコンさんがその中の1つを手に取った。

「私が試しにキメラを作ってみせるよ」

「それは鳥の核石ですか？」

「そうだよー。これと魔獣の素材を混ぜるんだ」

　聖水で満たされたカプセルの中に、核石と素材となる皮や骨がぽちゃぽちゃっと放り込まれていく。

「現代魔法・『ミックス（合成）』」

　合成の魔法が放たれ、カプセルの中の聖水がグツグツと沸騰を始めた。

　カプセルがガタガタガタッ！　と振動し、中の素材がひっつき合って縮小しながら、生物の幼体が生み出されていく。

「核石があるだけで細胞が生まれるんですね」

「そうそう、仕上げだよー」

　カプセルから天井に向かって、ピカッと光の柱が立った。

　カプセルの中の聖水が空っぽになってるぞ……中に何かいる！

カプセルの中を覗き込むと、ずぶ濡れの茶色の毛並みをした色彩鳥が、《コケコケッ》と鳴きながら僕を見上げていた。

「生まれたばかりなのに大きいんですね。ヒヨコが生まれるとかじゃないんですか？」

「核石の情報によって生まれる年齢は違うよー。ところで、キメラは決まったのかい？」

何気なく開いた付箋のページに、おデコに宝石が埋まっている賢そうな『キツネ』のキメラが載っていた。

「このカーバンクルってキメラにしてみようかなと、見た目も可愛いですし」

「見る目があるねー。カーバンクルは賢くて魔法が使える種族だよ。体が小さいから、乗るのには向いてないけどねー」

「だったら体が大きくなるように、大型の魔獣とのキメラにしてみます」

「んじゃ、素材を選んでおいでー。私はちと休憩ー」

と言いながら、ファルコンさんはニワトリ君を抱えて窓の方へ行き、瓶に入っていたトマトジュースをグビグビと飲み始めた。

素材の棚には、各種の核石が綺麗に並べられている。

その中から赤色の核石を手に取った。

これが『キツネ属』の核石か。形が氷柱のようで独特だ……色もかなり濁っている。

「これを踏むのかな？」

調合カプセルの下にあったレバーを踏むと、自動でカプセルに聖水が注ぎ込まれていく。

そうだな……せっかくだし、持ってる素材をふんだんに使って応用の利（き）く賢いカーバンクルにしよっと。

「古代魔法・『収納（ストレージ）』」

カプセルの上に出現させた収納の狭間（はざま）から、大気竜（たいきりゅう）の目をボチャッと落とす。これによって、大気竜の特性である『巨体』に『飛行、水泳』能力を持たせる。

本当は大気竜の宝玉を混ぜたいところなんだけど、うっかり本物の大気竜が生まれてきちゃったら笑えない。今回は目で我慢しておこう。

他にも、怪我（けが）したら可哀想だから『再生』能力も持たせようかな。

色彩鳥（しきさいちょう）の羽をフワフワと入れる。そうだ、『採取』『毒耐性』も欲しいな。エリクサー用のハーブも入れよう。

あとはー……うーん、もう考えるの面倒（めんど）いな！　あるだけ全部入れちゃえっと！

収納の狭間から、ぽちゃぽちゃ!!　と色んな素材がカプセルに投入されていく。

何となく見覚えのある、昔に集めた素材たちのオンパレードだ。

「こんなもんかなー、さてっと！」

「『合成』＆『エインシェント・ゴールデンエイジ（古代の黄金時代）』」

魔法陣から飛び出した黄金の光がカプセル内に溶け、キツネ属の核石と混じり合い、遺伝子情報が頭の中に流れ込んで来た。

『ゴールデンエイジ』の魔法は、血液中に眠る魔力情報から生物の生態を探り、眠っている最強の遺伝子を覚醒させることができる。

カーバンクルは、砂漠地帯に住むキツネの仲間『フェネック』に似た竜族の亜種だ。

その大きな特徴として、宝石を模した魔法石が額から飛び出している。属性は多種多様、額の魔法石にエレメンタルを取り込むと色が変化し、その力を得る。

「珍しい魔法だねー。カーバンクルを解析しつつ細胞を強化してるの？」

合成中の僕を、興味深そうにファルコンさんが見ている。

「簡単に言うとそんな感じですね」

カプセルがグツグツと煮えたぎり、細胞が生み出される。

さきほどとは比べ物にならないほどの閃光がピカッ！　っと放たれ、思わず目を瞑った。

「うわっ！　眩しいな……」

そっと目を開けると、巨体を持つキツネ型の魔獣がカプセルから大きく天井に向かってはみ出し、僕を見下ろしていた。

３Ｍを超える巨体を持ったカーバンクルだ。丸い目は透き通った綺麗な水色で、とても賢そうだ。

「マズいんじゃないー？」

ファルコンさんの警告も虚しく、生まれたてのカーバンクルがガラスのカプセルをバリーンッ！　と破壊し、物凄い速さで僕の左腕に噛みついた。

「こら！　離しなよ！」

《フフフッ》

子供のイタズラ笑いの様な声が聞こえ、カーバンクルは僕を咥えたまま軽々とジャンプした。

そのまま屋根に向かって突進し、勢いよく天井をバゴーン！　と突き破った。

豪快な奴だな……動きも速いし！

背中に生えている翼がバッ！　と大きく広がり、飛行魔法を発動した。

「おおっと、もう飛べるのか！　落ち着いて！」

《フフッ。お断りします》

もう喋れるのか⁉　流石に魔法が使えるだけあるな。

カーバンクルの体は大気竜に似た青色で、耳は大きくて長い。額には資料で見た通りの、三角形の赤色の宝石が埋まっている。

「だいじょーぶかーい！」

壊れた屋根から、白衣を脱いだファルコンさんが飛び出してきた。

背中の翼を羽ばたかせながら、鳥みたいに飛んでいる。

「っこれ！　どうしたらいいですか⁉　この子喋れるみたいなんですけど」

「たまに喋るグリフォンも生まれるよー。とりあえず上下関係を教えてあげたらー」

「そ！　そんなこと言われても！」

仕方ない、少し可哀想だけど……。

右手を振り上げて力を込め、カーバンクルの首元に軽く振り下ろした。

「ふん！」
ズドン‼　と林に鈍い音が響き、一撃で意識を失ったカーバンクルに咥えられたまま僕は研究室の庭に落下した。

ファルコンさんが庭に落下したカーバンクルに、回復の魔法で治療を行っていた。

「普通、素手で竜族を殴るかなー？　心臓が止まるかと思ったよ」

「す、すいません……咄嗟のことでしたし……っていうか煽ったのはファルコンさんじゃないですか……」

ファルコンさんに治療してもらい、カーバンクルの怪我は治ったものの、横たわったまま動く気配はない。

この子には再生能力があるはずなんだけどな……かなり手加減したんだけど、再生能力を上回るダメージを与えてしまったみたいだ。

「急に襲ってきたのは親と認識されなかったからですか？」

「キメラは初めて見た人を親だと認識する習性があるよー。純粋に遊びたかっただけじゃないー？」

寝息を立てるカーバンクルの体を少し調べてみる。

外見は大きなフェネックだ。全身は青色の体毛に覆われ、尻尾の根本の辺りから、特殊レッドハーブが何本か生えていた。

あった！　ちゃんとハーブが生えてるぞ。うまく合成できてるな。

『ハーブ種』の魔獣は食べたハーブが体から生えてくる。

このカーバンクルにもその遺伝子を組み込んであるので、採取クエストや研究のお供にバッチリだ。

「不思議なカーバンクルだねー。体が大きいのもあるけど、竜族の魔力波が強い気がするなー」

「大気竜の心臓と赤竜の爪も合成しましたからね」

「そんなの入れちゃったの⁉」

まぁ、ステータスを見てみるのが手っ取り早い。

カードをかざすと、カーバンクルから魔力が流れて来た。

『名前』：アトモスフィア・カーバンクルドラゴン

『種族』：大気竜族：カーバンクル、ハーブキツネ族

『性別、年齢』：♀　０歳

『魔獣ランク』：ＳＳ

『戦闘能力』：接近戦闘Ｓ

：魔、風属性Ｓ　火属性Ｓ

：飛行Ｓ

：水泳Ｓ

『特殊能力』：薬草育成、採取S
：毒耐性S
：再生能力S
『ステータスカード称号』：神聖狐：ハーブ獣：合成獣

「……SSランクの魔獣?? えぇ?? ス、ステータスがおかしいよー……??」

「あー……ハハ、本当ナンデダロー……これってどのくらい強いのかな？」

「基準が難しいねー。SSランクの魔獣なんて聞いたことないし、見たこともないし……グリフォンを圧倒できそうな気はするねー」

なかなか強い魔獣らしい、調教師のファルコンさんが言うなら間違いなさそうだ。

さて、今の内に契約の印を刻んでおくか。

お手頃な魔法石がないので、今すぐ召喚獣にはできないけど、カーバンクルの首筋に契約の印を刻み、僕と魔力の繋(つな)がりを持たせておこう。

「初級魔法(オリジナル)・『サモンコントラクト(召喚契約刻印)』」

刻印を刻み終えると、カーバンクルが急にムクッと上半身を起こした。

キョロキョロと辺りを見回し、僕を見つけて口を開いた。

《遊びましょう、パパ様》

元気に起き上がって、腰の辺りにスリスリと頭を寄せてくる。

どうやら、単に遊びたかっただけみたいだな。

「これが採取用なのー？」

《触らないでください！》

ファルコンさんが横から尻尾のハーブを引っ張ると、カーバンクルは嫌そうに体を逸らした。

「せっかくだから名前をつけてあげたらー？」

「名前ですか……大気竜からとって『フィア』なんてどうでしょうか」

《ハーブ発見です！》

僕らを無視し、珍しそうに地面の雑草を食べたり、ガブガブと池の水を飲み始めたフィア。

あーあ、せっかく特殊レッドハーブが生えてたのに、雑草に生え変わっちゃうぞ。まぁいっか……まだ生まれたばかりで、本能のままに行動してるんだな。

「これからよろしくね、フィア」

《フィア？　私の名ですか？　よろしくお願いします、パパ様》

フィアは青い巨体を僕に向け、ぺこりと頭を下げた。

もしかしてこの子、大気竜と同じで10Mくらいになるのかな⁇　まぁその内、対策を考えればいいか。念願の乗れる使い魔が手に入っただけでよしとしよう。

研究室の屋根は一部吹き飛んじゃったけど、追加料金を払ってトム先生たちに直してもらおう、まーた出費が増えたぞ……

「ところで、ファルコンさんて飛べたんですねー」

「そりゃ飛べるよー。鳥だもん」

第19話　騎士団長1　Sideウルゴ

「「せやっ!!　ハッ!!」」

数百名の騎士団員による気迫の声が、訓練場の芝生を揺らす。

うむ！　息の合った見事な鍛錬だな。

「ウルゴ団長が来られたぞ！」

「あの団長がグリフォンを連れていないとは珍しいな?」

訓練場に現れた俺に、団員たちの注目が集まる。

この騎士団の名は『グリフォン聖騎士団』だ。

グリフォン印の鎧をトレードマークに、魔獣の脅威から国を守る聖なる団体だ。

冒険者ギルドに比べると人数では劣るが、騎士団には頼もしい使い魔がいる。キメラの中でも特に優秀な種族『グリフォン』だ。

グリフォンに騎乗した騎士は陸空共に最強の機動力があり、集団になれば竜族すらも撃退可能だ。

過去に俺の率いるグリフォン部隊が、飛行訓練中に大気竜(たいきりゅう)と遭遇したことがある。そのときは死闘の末に奴を退けた。だが……あんな戦いは二度とごめんだ。

それに加え、騎士団員の中には身体能力に優れたエルフや獣人も多くいる。

まさしく、グリフォン聖騎士団は、この国で一番の力を持っているといっても過言ではないだろう。

「ウルゴ団長？　今日はロドリゲスは一緒じゃないんですか？」

大気竜との死闘を思い返している俺の下へ、団員の１人が駆け寄ってきた。

「ああ。ロドリゲスなら今日はいない」

そう、いつも通り相棒のグリフォン、ロドリゲスに乗って颯爽と登場する予定だった。

しかし、何故か鍛錬の時間になってもロドリゲスは現れなかった。厄介なことに、リーダーのロドリゲスがいなければ、他のグリフォンも騎士たちに従わない。

「この後は、騎乗訓練もあるというのに、一体どこで油を売っているのやら……」

そういえば、レヴィアの奴も賊を追ってから姿が見えない。

賊ごときに負けるとは思えんが……まったく、王宮魔法師とはいえ困ったものだ。

ふぅーっと、ため息を吐き、緑の訓練場を見渡す。

芝生の先にある城壁の向こうから、王宮施設の神殿が背を向けて立っている。

人狼である俺は、その気になれば数キロ先の音も聞き逃さない聴力を持っている。

……今日は不思議なくらい静かだな。いつもならグリフォンが林の上空を駆け回っている時間だ。それなのに鳴き声すら聞こえてこないとは。

「ん？　あれは……」

林の上空から、グリフォンが訓練場に向かって飛んでくる。

あれはロドリゲスか！　背中に誰かしがみついている。あれはレヴィアか？　なぜメイド服など着ているのだ。

《クエー！》

「っ！　止まりなさいロドリゲスー！」

ロドリゲスは素早く降下し、バサッと翼を使って俺の前で急停止した。

反動でレヴィアが地面に転げ落ちた。

「はぁはぁ……ウルゴ団長！　遅くなりました！」

「レヴィアか。賊はどうなった？　王宮調合師の案内をするのではなかったのか？」

俺の質問攻めに、レヴィアは呼吸を整えて冷静に応えた。

「ふぅ。その件で来たのです！　とにかく！　ロドリゲスを見て頂ければ分かります」

「ロドリゲス？」

ロドリゲスは《クエェェ!!》っと叫び、俺に背を向けて鞍（くら）を振り落とした。

「ば、馬鹿な!?」

突然のことに思わず俺は叫んでしまった。

それを見た騎士団員たちも騒ぎ出す。

「ロドリゲスがウルゴ団長の鞍を放り投げたぞ！」

「見ろあのロドリゲスの舐（な）め切った顔を……主人を見下しているぞ」

《クエクエッ！》

こ、このポーズは……グリフォンが新しい主人を見つけた際に見せる『主人交代』のポーズだ。もう俺は主人ではないと、そう言いたいのか。

グリフォン族はリーダーを持つ種族だ。

リーダーは自分より強いと認めたものにしか友好関係を結ばない。まさか、俺よりも強い者が現れたとでもいうのか？

「レヴィアよ。どうしてロドリゲスがこうなったのか説明しろ」

「それが……新たな王宮調合師に選ばれたドミニクさんが、ロドリゲスとの空中戦に勝利しました」

「王宮調合師がロドリゲスを倒しただと！」

「はい。少し不自然な行動が見られますが、魔法に格闘スキル、そのどちらを見ても天才としかいいようがありません」

なるほど、ルーシスが難しい顔をしていたのはこれが原因か。

グリフォンは人間を凌駕(りょうが)する猛獣だ。1対1の戦いで普通の人間がグリフォンを倒すことなど到底不可能。

レッドドラゴンを倒し、雪山を吹き飛ばしたSSSランクのファラオ。それに続き、エリクサーを完成させた王宮調合師のドミニクか。

2人の所属は冒険者ギルドとエリシアスの学校だ。どちらもルーシスの管理下に置かれている。偶然にしては都合がよすぎる気もするが……。

「ところで、どうしてメイド服など着ている」

鋼の鎧はどこへやら、何故か白黒のメイドスタイルだ。

「彼はこういうのが好きらしく……彼の使い魔に着るようにと言われ……」

恥じらいを見せるレヴィア。

ふむ……その少年には、そういった感じの露骨な趣味があるようだ。

「ドミニクさんは、今はファルコンさんの研究室にいると思います」

「その少年のところへ案内してくれ。このままグリフォン部隊を失うわけにはいかん！　団長として俺が責任を取る」

「わ、分かりました！」

レヴィアを連れて林を進み、研究室沿いの池辺へとやって来た。

研究室が2棟……1つが調合室、もう1つがキメラの合成室か。

「ファルコンの研究室に行くのは気がひけるな。あいつは俺の体も研究したがってるからな」

「ふふっ。ウルゴ団長は人狼ですからね」

「笑いごとではない。奴はキメラと獣人の見分けがついていない」

突然、バシャーン！　っと水鉄砲のような音が耳を打つ。

俺は慌てて研究室の方に目をやった。

むぅ、竜巻の魔法か？　発生源はどこだ……。

調合室のすぐ近くの水面に、水の竜巻が発生していた。

レヴィアが身を乗り出し、『視覚強化』の魔法を放つ。

「むむ！　あれはメイルシュトローム……Aランクの魔獣が使う水の上級魔法です！」

「となると、あそこに『リヴァイアサン』クラスの魔獣がいるのだな」

俺も人狼の優れた目を使い、メイルシュトロームの竜巻を探ってみる。

「にゃぁぁ！　ドミニク様ぁぁ！」

あの奇妙な獣人は何者だ？　竜巻に巻き込まれてグルグルと水面を回っている。

「メイド服姿の猫の獣人が竜巻にのまれているぞ」

「本当ですか⁉　それはドミニクさんの使い魔のルミネスです！　早く助けにいかないと！」

使い魔までメイドなのか、大した徹底ぶりだな！

「ウルゴ団長！　私は先に行ってますよ！　現代魔法・『フライ（飛行）』」

レヴィアが飛行魔法で飛び立ち、竜巻に向かってゆっくりと旋回していく。

《イカイカッス‼》

謎の鳴き声がし、滑空するレヴィアの死角からザッバーン！　っと、水しぶきが上がった。

「触手だと！　避けろレヴィア！」

「きゃっ⁉」

飛び出してきた触手が、レヴィアの両足首に絡みつき、一気に池へと引きずり込む。

「こんのぉ!! 離してください！」

ジタバタとレヴィアが抵抗すると、水没寸前で絡まっていた触手から逃げ出すことに成功する。そのまま何とか体勢を整え直し、水面を蹴るように飛行魔法で浅瀬まで退避した。

「危ないところでした！」

あの魔獣は少々危険だ。急がねば！

竜巻に向かって池辺を走り出し、浅瀬に退避したレヴィアに向かって声を上げた。

「水中に引きずり込まれたらマズいぞ！ 魔法で焼きつくせ！」

「はい！」

レヴィアは杖を取って池へと振り返り、急いで攻撃の魔法陣を描いた。

だが、それより早く、バシュ！ っと触手が水中から飛び出し、レヴィアの細い両足に絡みついた。

「きゃっ！ ぬるぬるです！」

クラーケンの触手が、抵抗するレヴィアの脚を強引に引っ張り上げ、逆さまにブランッと吊り上げた。

「宙吊りです!? 助けてください！」

「待っていろ！」

更に走る速度を上げ、触手の動きに目を張っていると、逆さ吊りにされたレヴィアの横にさっきの猫耳少女も同じ様にブランっと吊るされていた。

落ち着いた表情で腕を組み、他人事のようにレヴィアを見ている。

「……レヴィアか？　こんなところで何をやっているのだ？」

「ル、ルミネス！　無事だったんですね！　早くドミニクさんを呼んできてくださいー！」

ふぅーっと困り顔を見せ、メイド服の少女は口を開いた。

「違うのだ……このクラーケンはドミニク様の使い魔なのだ」

「え⁉　そ、そうなんですか？　なぜこのような触手の魔獣をドミニクさんが⁇」

「分からん……多分、防犯用ではないか？　私たちを敵と認識してしまったようなのだ……」

和やかな会話で忘れているようだが、２人を宙吊りにしている魔獣はクラーケンだぞ。

早く助けないと不味い。

王都に暮らす騎士にとっては、大型魔獣との単独戦闘など慣れたものだ。

「うおぉ！　伝説のクラーケンめ！　焼き魚にしてくれるわ‼」

一気に跳躍し、バシャ！　っと浅瀬に着地する。それとほぼ同時に俺の両足に触手が絡みつく。

速い！　しかし、これでどうだ！

長剣を抜いて地面に深く刺し、強く握って体を浅瀬に固定する。

水面に向かい、研ぎ澄ました濃い青色の魔法陣を大きく描く。

「出てこい！　クラーケン！」

《イカイカッス！》

俺の声に反応し、水面から巨大なイカが顔を出した。

「燃え尽きろ！　中級魔法・『エクスプロージョン』」

クラーケン目掛け、火炎の魔法を放った。

「やめろ！」

誰だ！

鋭い警告の声と共に何かが高速で飛来し、クラーケンを焼き尽くそうとしていた火炎の魔法を、スパン!!　っと手刀で切り裂いた。

「危ないなー。この子、僕の使い魔なんですけど……多分」

謎の少年が飛行魔法で水面に浮かんでいる……俺の火炎をどうやって消したんだ……？

「ふむぅ……お前がドミニクか？」

第20話　騎士団長2

やっぱり、このクラーケンっぽいのは僕が『ゴールデンエイジ』の魔法で強化した池の生物だな。妙にイカっぽい遺伝子だなーとは思ってたんだけど、まさか本当にイカだったとは……。

「俺の火炎の魔法をどうやって防いだ……」

火炎の魔法を放ったのはあの人狼のおじさんか。

レヴィアとルミネスは足を触手に絡まれたまま逆さ吊りにされ、触手の粘膜でぬるぬるになってしまっていた。

「2人を離してもらえるかな？」

《イカイカッス》

イカくんにそうお願いすると、２人を浅瀬にポポイっと放り投げてくれた。

「ニャッ！」

「痛い！　です！」

クラーケンが触手ごと池の中へと潜(もぐ)っていく。

不審者が現れたらやっつけるように言っておいたので、ある意味、役目は果たしてくれたみたいだ。

イカくんにも今度、ルミネスとレヴィアを紹介しておこうっと……あとファルコンさんも！

「お前が新たな王宮調合師のドミニクか。会いたかったぞ」

「おじさんは誰ですか？」

怪しく翠に光る人狼の目が、僕を試すように睨みつけてくる。

こんな近くで人狼を見るのは初めてだな。結界の外に人狼の森があるのは知ってるけど、この人は騎士団員みたいだな。

「ドミニクさん！　違うのです！　その人は騎士団の――」

「黙れレヴィア！」

何かを僕に伝えようとしたレヴィアを、人狼のおじさんが遮った。

何か秘密にしたいことがあるみたいだな。僕も同じなので気持ちはよく分かる！

「し、しかし……」

「俺の名はウルゴだ。この人狼の眼が疼くのは久々だ……俺は魔力の強さがオーラとなってこの眼に映る」

オーラが見える魔眼か……どうやら、このおじさんは王宮に仕える霊媒師として、騎士団員のお祓いを行っているんだろう。

「こ！　このオーラは!?　不思議な『虹色』が浮かび上がってきた……これは一騎当千の猛者のオーラだ！」

……胡散臭い霊媒師かと思ってたら、意外と鋭かった。

「ククッ！　決定だ！　お前にグリフォンリーダーを賭けた決闘を申し込む！」

「へ？　グリフォンリーダーですか？」

レヴィアの方へ目をやると、コクコクっと頷いて返された。

さっきの話か……グリフォンリーダーのロドリゲスが、僕を新たな主人に選んだんだっけな？

なるほどね、この人は騎士団長の代わりに僕と戦うつもりだ。

「1対1の決闘でお前を倒せば、グリフォンリーダーが俺を主人に選ぶだろう。覚悟はいいな！」

「えぇ!?　ちょっと！　勝手に話を進めないでくださいよ！」

くっそ、決闘なんかやってられない。ただでさえ『王宮』の称号をもらったばかりで忙しいんだ。

「そこの狼男！　勝手に話を進めるな！」

ルミネスが猫耳をピンッと尖らせ、人狼のおじさんに詰め寄る。

「たかが人狼が！　ドミニク様に勝とうなど100万年早いのだ！　身のほどを知れ!!」

人狼おじさんは長剣を拾い上げ、僕ではなく、ルミネスと向かい合った。

「ククッ！　恐怖を知らぬその眼……まるで若い頃の俺を見ているようだ！」

「まだ言うかこの愚か者！　私と貴様のどこが似ているというのだ！」

「いい度胸だ！　人狼の力、その身をもって知れ！」

「戯れ言を！　精々ボコられて泣いて帰るのだな！」

一歩も引かず罵り合う２人。長身の人狼おじさんと対峙するルミネスは、いつもより余計に小さく見える。

っていうかこれ、僕が決闘するんだよね⁇

「あの……何で戦わない人たちで勝手に盛り上がってるの……？」

レヴィアが同情からか、優しく肩に手を置いてきた。

「私が言うのも何ですが。ドミニクさんって苦労してるんですね……」

「そう思うんなら、おじさんだけでも何とかしてもらえないかな？」


結局僕は、霊媒師のウルゴさんと決闘をする羽目になってしまった。

２階の観客席から、聖なる騎士とは思えない野次が飛び交う。

「レヴィアをたぶらかした男を許すな！」

「やれー！　エリシアスの田舎者をぶっ潰せー！」

騎士団の連中だけじゃなく、王城の使用人までもが面白がって見学に集まっている。

２階の特別席にはエドワード王子の姿もあった。

僕が人狼のウルゴさんに連れてこられたのは、観客席に囲まれた『闘技場』だ。

ここは、騎士団で模擬戦を行ったり、王都で毎年開催される武闘大会の会場としても使われているらしい。

ちなみに去年の優勝者は養成学校校長、Sランクのルーシスだ。あの人、こういう催しがあったらどこにだって現れそうだよな。今も会場にいたりして……。

「逃げるなら今の内だぞ。そうあの人狼に伝えておくのだ！」

「まさか？　本当にドミニクさんが勝つと思っているのですか？　5分持てば健闘したと言えるでしょう」

「ハッ！　面白い冗談なのだ。精々強がっていろっ！」

今度はルミネスがレヴィアに絡み、お互いに火花を散らしている。

今回の決闘は特別に2人が審判を務めるようだ。

「ウルゴさん。お手柔らかにお願いしますね」

「なぁに、それなりに手加減はしてやろう」

差し出した僕の手をウルゴさんが握り返してくる。

ワッサワサで猛獣みたいな触り心地だ。まともにやり合っても勝てる気はしないぞ。

ウルゴさんは僕の倍以上の巨体を持つ『人狼族』だ。

僕の知る人狼族とは結界外の森で暮らす邪悪な知能を持った魔獣であり、ウルゴさんは狼と人間が混じった獣人なので、正しくは人狼ではない。

そんなウルゴさんの顔は狼で、体つきに人間らしさはあまり感じられない。分厚い布ローブの下に銀の鎧を纏っていた。

主力の武器は背中に背負っている長剣だな。ただでさえ体格差があるのに、あんな長い剣を振り回されたら踏み込めない。

「さっきから視線が泳いでいるぞ。人狼が珍しいと見える」

「ええ。エリシアスに獣人はほとんどいませんので」

王都でも人狼は見かけなかったんだけどね。

「ではこれより、王宮調合師ドミニクとグリフォン聖騎士団ウルゴの決闘を開始します！」

レヴィアの『拡声』の魔法に合わせて、会場に割れんばかりの歓声が巻き起こった。

「「おおー！」」

「やっちまえー！」

「俺はエリシアスの小僧を応援するぞ！」

エリシアスから来た冒険者もいるな。ところどころ僕への声援も聞こえてくる。

ルミネスとレヴィアが声を揃えて叫び、戦いの火蓋が切られる。

「「始め!!」」

さて、先手必勝だ！

「行きますよ。初級魔法（オリジナル）・『解析（アナライズ）』」

地力で不利な以上、手数とスピードで勝負するのが利口だね。

パパっと、一瞬で『解析』の魔法陣を描いた。

「むうぅ！　速すぎる。レヴィア以上の高速詠唱に見えたが……」

開始数秒でウルゴさんの表情が一変するも、長剣の刃を肩に乗せて仁王立ちのままだ。

「ボーッとしてていいんですか？」

「今のでお前の実力は大体分かった。聞いていた通り妙な魔法を使うのだな」

解析の光が分厚い狼の体毛に潜り込み、探り出した魔力情報が頭の中に流れ込んでくる。

……なるほどね。読み取った感じ、ウルゴさんの体内に流れるエレメンタルは『火』の属性が多い。クラーケンに放っていた火炎の魔法よりも、まだまだ上位の魔法を放てそうだ。

少し警戒が必要だね。

それにあの翠色の眼は、獣人が持つ特殊な『魔眼』だ。魔法陣を見ただけでその特性を把握する能力を持っている。

初見の魔法に対しても難なく対応されそうだ。

さて、得意属性も分かったし、相手の苦手な属性の魔法で攻めようかな。

「動かないなら、こっちから行きますよ！」

指先に黄色の光を灯(とも)し、綺麗(きれい)な古代模様の魔法陣を描いていく。

いくら魔眼の力があっても、これはそう簡単には読み取れないだろ。

「凄(すさ)まじい魔力だ。それに古代魔法を思わせるこの陣は……」

……狙い通りだ。魔眼を細め、古代の魔力に困惑している。

「古代魔法・時空凍結魔法・『フロスト・アイスエイジ(霜降る氷河期)』」

呪文を唱えると、僕の足元から全方位に向けて青い『氷の絨毯(じゅうたん)』がカチコチと広がっていく。

空気が凍りつき、吐いた息が白く変わる。

「なんだこりゃ……雪が降ってるぞ！　見たことない魔法だ……」

「凄ぇな。季節を変える魔法ってやつか？」

闘技場に冬が突然訪れたかのように、ふわふわと幻想的な雪が降り始めた。

騒いでいた観客たちは黙り、舞い降りてくる雪を見つめている。

会場が異様な空気に包まれ始めていた。

これで少しは静かになったかな？

アイスエイジの魔法は口を噤むほど綺麗だからな。

「美しい魔法ですね……空間を氷のエレメンタルで満たすとは……」

「覚悟しろ人狼！　ドミニク様の魔法はこんなものではないぞ！」

レヴィアも不思議そうに手をかざし、ふわふわと降ってくる雪を掌で受けている。ルミネスは鼻高々で、もう勝った気になってるな。

「解せぬ……これほどの魔力を持った者が、何故、調合師などに収まっているのだ？　ずっと力を隠して暮らしていたのか」

「力ですか？」

古代魔法のことを言ってるのかな？　ほとんど家に引きこもってハーブ育成に夢中になってたし、今までカレンの前以外でそんなに魔法を使ってこなかったからなぁ。

「ほう？　とぼける気か。ならば実戦の中で答えを探るのみ！　俺の火炎の魔法に耐えてみせよ」

「残念ですけど、この空間の中じゃ氷の魔法しか発動しませんよ」

「そうか……これは火の魔法を封じる空間魔法なのだな」

アイスエイジの魔法は、フィールドに魔法の核となる4つの氷の柱を設置することで発動する。

氷の柱で囲んだ空間を氷のエレメンタルで満たし、その範囲内にいる限りは反属性である火属性の魔法は使えない。

今回は、この闘技場の観客席の一番後ろ……東西南北に1本ずつ『氷の柱』を立てておいた。

そう簡単には気づかないだろ。

さて、これで準備は万端だ！　まずは脅威となる人狼の機動力となる足を潰そう。

「このフィールド内では、イメージしただけで強化した氷魔法を生み出したり、変幻自在に操作できます」

僕のイメージに従い、足下に広がる青い氷の絨毯（じゅうたん）が、パリパリッと音を立てて手の形に変形していく。

「『アイスバインド（氷結捕縛）』」

ウルゴさんを鷲掴（わしづか）みにしようと、巨大な氷の手が襲い掛かる。

「させぬ！」

ウルゴさんは、瞬時に危険と判断したのか駆けだす。

『捕縛』の魔法を紙一重で躱しながら、闘技場に影が走る。

まあまあ速い。氷を操作してたんじゃ追いつけないな。

まあ、躱されるのは想定通りってことで。それなら次の手を打つだけだ。

ジグザグに移動する影を目掛け、ポイっと氷の球を放り投げる。

「『サウザンド・アイススピアー』」

氷の球が空中で拡散し、『1000本の氷柱の槍』となる。

ズドドド！　っと氷の絨毯を砕き、床に刺さった氷の槍で闘技場が埋め尽くされていく。

「あの数のスピアーの魔法をどうやって放ってるんだ!?」

「1000連詠唱か!?　ありえねえ！　あいつは人間じゃねえぞ！」

「て、天才だ！　騎士団のレヴィアを超える魔法師が現れたのかもしれない！」

さっきから、僕が魔法を放つ度に観客席がざわめいてる気がする。

複数詠唱がそんなに珍しいのか？

空から止めどなく降り注ぐ氷柱の槍。

それを人狼の俊敏さで見事に躱しながら、2階の観客席へ飛び移った。

「ふぅ、間一髪で躱せたな。無限の槍か……あの槍は幻覚の魔法によって多重に見えているのだろう」

2階の手すりからこちらを振り返り、ぜぇぜぇと息を切らしている。

おっと、観客にあたると危ないから無闇に攻撃できないぞ。ずるいな……。

ウルゴさんが階段を駆け上がって行く。その視線の先にあるのはアイスエイジの魔法を維持するための氷の柱だ。

「あの柱がこの氷魔法の種か。叩き斬ってくれる！」

人狼の魔眼により、いつの間にか魔法の弱点を見抜かれていたらしい。

アイスエイジの魔法は、核となる柱を１つ壊されると魔法の範囲が狭くなり、２つ壊されると消滅してしまう。

「ぬおおぉぉ！」

雄叫び(おたけ)を上げ、長剣が鋭い螺旋(らせん)を描いた。

――ガキン！　っと、氷の柱が一刀両断されてバラバラに砕け散った。

「もう１つだ！」

そのまま後ろの壁に沿って走り、もう１つの核も一瞬で破壊された。

魔法が崩され、僕の頭上で待機させていた氷柱の槍が、コントロールを失って地面に落下した。

「この魔法は見抜かれないと思ってたんですけどね」

「ククッ。甘く見ると痛い目にあうぞ。次はこちらから行くぞ！」

２階の観客席の手すりに足を掛け、ウルゴさんは高く飛び跳ねた。

空中で長剣を抜いて傍ら(かたわ)に抱え、左手で魔法陣を描いている。

「燃え尽きろ！　中級魔法・『エクスプロージョン(爆発)』」

「させませんよ初級魔法・『キャンセル』」

『爆発』の魔法陣に『解除』の光が衝突し、パリーンッ！　と音を立てて砕け散った。

「想定内だ！　叩き潰す！」

着地後に一瞬で距離を詰められる。接近戦に持ち込むのが狙いか……。

巨体によって隠すように抱えられていた長剣が、ブン！　っと振り上げられる。

「おおっと！」

それを紙一重で躱した。

今のはレオルの剣術に似てるな。ちゃんと見たことないけどね！

「逃がさんぞ！」

下がって距離を取ろうとするも、また一瞬で間合いを詰められた。

人狼を振り切るのは容易じゃないな……まぁ、見切れないほどの動きじゃないけどね。

連続で振られる剣を見切って躱し、適当に素手でカウンターを打ち込む。

「す、すげぇ……あの小僧……ウルゴ団長と互角にやり合ってるぞ」

「団長は手加減してるんだろうが、少年の動きも軽く人間離れしている……」

近距離での拮抗した攻防を面白がり、騎士団の人たちがゾロゾロと観客席から降りてきた。

審判中のレヴィアとルミネスの後ろに並び、あーだこーだと観戦している。

異様に盛り上がってるけど、こんな戦いを見ててみんな楽しいのかな？　霊媒師のウルゴさんと調合師の僕なら戦闘能力は五分五分だろ。

「ルミネス。貴女の主人は何者なのですか？　魔力操作で肉体を強化してあのウルゴさんと渡り合うとは……」

「知らん……私には記憶がないのだ。ドミニク様のことも名前と性格くらいしか覚えていない……エリシアスの生まれなのは間違いないがな」

「そ、そうだったのですか！　知らずに申し訳ありません……」

あの2人、まーた喧嘩してるな……いい加減ルミネスには、あちこちで喧嘩を売らないように言い聞かせておこう。

にしても、このまま接近戦をしてても長引くだけだな……中途半端な攻撃は躱されるし、かといって本気で殴ったら命に関わるしな。

そろそろ、お互いに戦況を変える魔法を放つ頃合かな。

「この戦いが名残惜しいが……そろそろ決着をつけねばなるまい!!」

遂にウルゴさんが動きを見せた。

攻防の手を止めて距離を取り、持っていた長剣を場外へと手放した。

「ぬぅ……獣の血が滾る。人間相手にこの姿を見せるのは初めてだな！」

ガシャン！　っと、騎士の象徴である鎧までもが脱ぎ捨てられる。

ウルゴさんが自らの体に魔法陣を刻んでいく……あれは何の魔法だ？

メキメキッと全身の筋肉が音を立てて盛り上がり、体毛が長く伸びていく。両手の爪が刀のように鋭く伸びた。

獣人の面影は完全になくなり、恐ろしい狼の魔獣の姿へと変貌（へんぼう）を遂げた。

人狼の肉体から人間の要素を封じ込めたのか……肉体強化の魔法ってよりは『魔獣化』って感じだな。

《ガルゥ……》

本物の狼と同じく、四足歩行となったウルゴさん。

牙の隙間からヨダレが垂れてるし、とても言葉は通じそうにないな。

「あの……人間の理性って残ってますよね？」

戸惑う僕に、暴走したウルゴさんが容赦なく襲い掛かってきた。

ズバ！　っと鋭い音が耳に響いた瞬間、狼の鋭い爪がローブの左肩を切り裂いていた。

「ニャッー！　ドミニク様ぁ!!」

ルミネスの悲鳴が響き、咄嗟（とっさ）に左肩を押さえた。

……大丈夫、掠（かす）っただけだ。

「ドミニクさーん！　魔獣化したウルゴさんは敵を倒すまで止まりません！　遠慮せず本気でやっちゃってください！」

やっちゃってって言われても……僕が負けたときのことは考えてくれてるんだよね？

まっ、これ以上、使い魔にカッコ悪いところは見せられないけどね。

「大丈夫だよルミネス。すぐに終わらせるからね。初級魔法（オリジナル）・『フライ（飛行）』」

「ドミニク様ぁ……」

弱弱しい顔をしたルミネスに声を掛け、飛行魔法を発動した。

空へ舞い上がっていく僕を捕まえようと、ウルゴさんが大きく飛び跳ねた。

《ガルゥ！》

振られた爪が空を切り、失速した巨体が虚しく落下していく。

もう手遅れだね。飛行魔法が使えないなら、この高度まで追ってこれない。

「その手がありましたか！　ウルゴ団長は飛行魔法を使えません！」

更に高度を上げてっと！　ちょっと卑怯だけど、この決闘は魔法に関するルールが特に設けられているわけじゃない。

「空に逃げたとしても、あの高度から魔法を放つのは容易ではありませんよ！　威力が格段に落ちてしまいます」

下にいる連中を巻き込んだら悪いし、先に避難させておこうっと。

「レヴィアー！　ルミネスー！　ちょっと強めの魔法を放つから離れといてー！」

地上で呆然と見上げるみんなに声を掛け、せっせと魔法陣を描いていく。

「っ!?　あれは危険です！　騎士団魔法部隊、あの魔法を全力で止めますよ!!」

「「はっ！」」

魔法陣を警戒してレヴィアが声を張り上げ、地上にいた騎士団の部隊がそれに応えた。

騎士団による集団結界魔法か……息の合った動きで同じ魔法陣を描いている。

レヴィアのやつ、別人みたいだな。さっきまではあんなに頼りなかったのに、騎士団だとしっかり者なんだな。

「レヴィア！　決闘の邪魔をしたら人狼の負けなのだ！」

「しかし、あれを受けたら跡形も残りませんよ！」

ルミネスと言い合ってるな。退避せずにその場で僕の魔法を防ぐみたいだ。

それなら、安心してウルゴさんだけをぶっ飛ばせるな。

完成した魔法陣に手を触れ、一気に魔力を送り込んだ。

「初級魔法（オリジナル）・『サンダーボルト（落雷）』」

ゴロゴロ!!　っと雷鳴が鳴り響き、凄（すさ）まじい稲妻の魔法が空気を裂きながら落下する。

「準備はいいですか！　雷属性に対する防御結界を発動します！」

「『結界魔法・『リフレクトマジック』』」

ほぼ同じタイミングで、騎士団員たちが結界魔法を発動させた。

闘技場を覆（おお）えるほどの大きな結界が現れ、そこに『落雷』の魔法が直撃した瞬間――――。

ズバーン!!　っと凄まじい破裂音が闘技場全体に響きわたった。

「くっ！　貫かれる前に稲妻の軌道を逸（そ）らします！」

「嘘だろぉ！　この人数の結界魔法でも止められないのか！」

騎士たちの咄嗟（とっさ）の判断で巨大な結界が斜めに傾けられ、サンダーボルトの魔法がわずかに逸らされた。

逸れた稲妻がウルゴさんの尻尾（しっぽ）を掠めてズバーン！　っと地面を抉（えぐ）り取り、その衝撃で狼の巨体を場外まで吹き飛ばした。

《ガルゥゥ⁉》

ガランゴロン！　っと、勢いよくぶつかって壁を破壊し、崩れた瓦礫に埋もれるウルゴさん。

「け、獣の力が抜けていく……俺は負けたのか……」

体内の魔力が大分減少してるな、もう戦えないだろ。

全身の筋肉と体毛も縮み、人の要素がみるみる戻ってきた。

「しっかりしてください！　ウルゴ団長！」

「ウルゴ団長！」

立ち上がれず、大の字になって倒れたウルゴさんの下へ、レヴィアと騎士団員たちが駆け寄り、『回復』の魔法を掛けて容態を確認している。

んー⁇　さっきから、騎士団の人たちがウルゴさんを『団長』って呼んでる気がするんだけど……気のせいだよね。

飛行魔法で地上へと降り立つと、ルミネスが一目散に駆け寄って飛びついてきた。

「にゃぁー！　ドミニク様ぁ、必ず勝利すると信じておりましたぁ！」

「はいはい。終わったよルミネス」

決着がつき、ルミネスが拳を天に掲げて叫ぶ。

「この勝負！　ドミニク様の勝ちなのだ‼」

呆気にとられていた観客たちから、パチパチと小さな拍手が鳴り始めた。

まっ、勝ててよかったな。

そうだ……さっきウルゴさんと接近戦で戦ったとき、相手の動きに合わせて体が自然に反応していた。これも、僕の接近戦闘の適性がSランクだったお陰かな？

拍手に混じり、健闘を讃える声も次第に大きくなっていく。

そんな中、バッサバッサと翼を羽ばたかせ、グリフォンの群れが空から現れた。

《クエー！》

《クエッ》

ロドリゲスが僕の側に降りて来て、土下座ばりの服従のポーズをみせた。

他のグリフォンたちも綺麗に整列している。

「うぉぉ！　あの小僧！　グリフォンリーダーのロドリゲスを服従させている⁉」

「新たな騎士団長の誕生だ！　奴こそ本物の聖なる騎士なのかもしれん！」

なんかさっきからみんな騒いでるけど、グリフォンに懐かれるってそんなに凄いのか？

回復の魔法で怪我を治し、意識を完全に取り戻したウルゴさん。

レヴィアに支えられながら、ふらふらとこっちに歩いてくる。

「ウルゴさん、お疲れ様でした」

「見事だドミニク・ハイヤード。ぬぅ。これだけの魔法を放っておいて、よく平然としていられるな」

闘技場の硬い地面には、大きな氷柱の槍が数百本近く刺さり、割れた氷の残骸が太陽光を反射していた。

「いえ、自分でもよく分からなくて……この魔法って凄いんですか？」

刺さった氷柱の槍に触れながら、レヴィアが呆れた様子で口を開いた。

「この異常な氷の魔法……ここまでくると凄すぎて意味が分からないくらいです！　ドミニクさんは自覚がないのですか？」

「うーん、いまいち分からないんだよねー」

そもそも、アイスエイジの魔法はそういうものだし。結局、僕は古代魔法が使えるってだけだからなぁ。

それに、これだけ盛大に古代魔法やらアイススピアーをぶっ放したのにまともに捉えられなかった。時と場合によっては、僕が負けていた可能性もあるしね。

「それよりレヴィア。さっきから騎士団の人たちが、ウルゴさんのことを『団長』って呼んでる気がするんだけど……」

「じ、実は……ドミニクさんには言わないようにと、ウルゴさんから念を押されていましたが……あの方はこの騎士団の団長なんです！」

「え！　えええ⁉」

正体がバレ、怪しげに笑うウルゴさん。

負けたっていうのに、僕の肩に手を回して上機嫌な様子だ。

「グハハ。そういうわけだ！　これから宜しく頼むぞドミニク・ハイヤード」

え……もしかして、ハメられた？

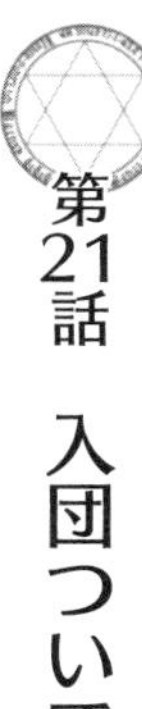

第21話　入団ついでに

こうしてウルゴ団長との決闘は終わり、僕に平穏な日々は訪れ…………なかった。

ウルゴ団長は初めから、騎士団長であることを隠して僕の実力を試していたんだとか。

まぁ、そんな話でもなければ、学生の僕が騎士団長に決闘で勝利するなんてありえないしね。

それに、ロドリゲスが僕を新たな主人と認めてしまった以上、入団を断った場合には全てのグリフォンの面倒を見る羽目になってしまう。

そうなったら、僕は今後エリシアスのグリフォン飼育員としての人生を歩むしかない……つまり僕には、グリフォン聖騎士団に入団する以外の選択肢は残されていなかった。

入団とはいっても騎士団に名を置くだけ、面倒なクエストは受けないとそうエドワード王子とも約束し、一応はウルゴ団長も納得してくれた。

これで一件落着！　かと思いきや、それからが大変だった……。

「騎士団に入団した⁉　お前、学校とギルドはどうするんだよ！」

「ドミニクくん……学校辞めないで……」

「いや、僕も突然で困ってるんですよ。とにかく、転移の祭壇は予定通り完成させましょう！」

トム先生とウーリッドに事情を話したら、学校を辞めてしまうんじゃないかと心配された。まぁ、こうやって引き留めてくれる友人や先生が僕にできるなんて、入学時から考えたら有難い話だ。

2人と祭壇について念入りに意見交換した後、再び王都に転移した。


今度はファルコンさんのところへフィアを迎えに行った。

「おや、ドミニクくん。入団おめでとー、フィアくんならそっちで遊んでるよ」

僕の入団の件は特に追及されず、マイペースなファルコンさんから祝福の言葉をもらった。

《パパ様ー！　おかえりなさい。ルミネスに遊んでもらっていました》

「ドミニク様！　お帰りなさいませ！　にゃ〜」

ルミネスがフィアの背中に乗ってはしゃいでいた。

正直、どっちが遊んでもらってるのか分からないな……。

「ファルコンさんありがとうございました！　ちょっと今忙しいから、2人は調合室に戻って遊んでて！」

《パパ様？》

「かしこまりました！　フィアよ、向こうで遊ぶのだ！」

ファルコンさんにお礼を言ってから、フィアとルミネスに調合室に行くよう伝えると、キメラ合成室を後にする。

僕は再び王宮へと戻ってレヴィアたちと準備を整える。

この後を考えたらもう時間がないぞ！


そして、休む間もなくその日の夜になり……。

唐突だけど、今から僕の『王宮調合師就任とグリフォン聖騎士団入団記念パーティー』がこの王城で開催される。

「これより、ドミニクの王宮調合師就任と、グリフォン聖騎士団への入団記念パーティーを始める！」

そうエドワード王子が高らかに宣言し、パーティーは始まった。

騒がしくも賑やかな声が、ファルコンさんに用意してもらった黒のタキシードに身を包んだ僕のいるベランダまで聞こえてくる。

騎士団、とはいっても冒険者たちとそう変わりない人たちばかりだ。庭をふざけて駆け回り、肉と酒を手に飲めや歌えの大騒ぎだった。

僕もウルゴ団長に新人としての挨拶回りを強制され、先輩騎士に酒を飲めと絡まれ、レヴィアと決闘の話で散々いじられ続け、精神を大分すり減らした。

あげくに僕は、白のドレスに身を包んだレヴィアと、みなに冷やかされながらぎこちなくダンスを踊らされる羽目となった。

ベジタリアンのファルコンさんは、相変わらず隅っこで野菜をバリボリ食べていたっけな。

もう忘れかけてたけど、転売、密売をやってた『聖薬の恵』の店長マルコさんの話も、酒の席での会話から聞こえてきた。

その罪は重かったものの、極刑は免れ、数十年の長い監獄暮らしが決まったそうだ。

刑がどうであれ、あの人はもう二度とエリシアスに現れないだろう。


入団記念パーティーも終わりが近づき、夜空に綺麗な月が浮かんでいた。

会場に静かな時間が流れる中、僕はウルゴ団長とレヴィアと一緒にテーブルを囲んで話していた。

「久々に騒いだな！　しかし、レヴィアが惚れるだけの男だな！」

「と、突然何を言い出すんですか⁉　ホホ！　ホレてませんよ‼　で、ですよね！　ドミニクさん！」

「ぼ、僕に聞かれても！」

ウルゴ団長にからかわれ、レヴィアが顔を真っ赤にして目を泳がせる。

彼女は14歳、騎士団の中では最年少ながらに魔法部隊のリーダーなので、気軽に話せる友人はいないらしい。

ウルゴ団長は、そんなレヴィアと僕が打ち解けるきっかけを作りたいんだろう。

「あの……ドミニクさん！　魔導書をいくつか持ってきたので見てほしいのです。ココとココなんですが！」

「どれどれ？」

レヴィアの持ってきたハードカバーの本は、去年に発売された『現代魔法から予測する古代魔法理論』というタイトルの本だ。

「分かりやすいタイトルの魔導書だね」

「内容は漠然としていて、理解ができないのですよ」

「僕も古代魔法について詳しく調べてはいるんだけどね」

でも、それが特定の人物にしか使えない理由は、『魔力の質』以外に思い当たらなかった。

案の定、この本にもそれっぽい内容が核心に触れずに書かれている。

「これは間違ってるね。そもそも、古代魔法は純粋に魔力の質が関係してくるんだ。ちょっと見てて」

人差し指を立てて魔力の光を灯す。

集中して魔力を研ぎ澄ませていくと、灯した光が青から白、そして黄の順に変化する。

指先の光を、レヴィアが真剣な顔でジーっと見つめている。

「これは、黄色い光です……」

「そう。この黄色い光で魔法陣を描けないと、古代魔法の原理をいくら解き明かしても、古代の魔法は発動しないんだ」

「となると、ドミニクさんの体には特殊な魔力波が流れているのですね……はぁ、私も転移魔法が使いたかったです……」

「な⁉　何の話だそれは‼」

ガタタっと！　ウルゴ団長がテーブルに乗り掛かって声を荒らげる。

「ドミニクよ！　お前は転移魔法が使えるのか⁉」

「使えますよ。一度でも行ったことのある場所に限られますが」

「ぬぅぅ……ちょっと来てくれ！　見てほしいものがあるんだ」


何やら真剣なウルゴ団長に連れられて、王城内にある騎士団本部に案内された。

薄暗い木製の一室には、騎士団の旗とウルゴ団長が座る専用の椅子があり、壁に並んだ本棚をロウソクの火が照らしていた。

レヴィアが本棚の資料を引っ張り出し、ウルゴ団長の座るテーブルに並べた。

僕も椅子に座り、ウルゴ団長の話に耳を傾ける。

「いきなりすまんな。これは探索の任務中に遭難し、行方不明となってしまった団員たちのリストだ」

「どういうことですか？　仲間とはぐれたんですか？」

「うむ、不運にも強力な魔獣に襲われてしまってな……ギルドに依頼を出してはいるが見つかっていない。探しに行こうにもグリフォンを飛ばすには遠いのだ。エリシアスには騎士団の拠点がないからのう」

……これが遭難者リストか。雪山、火山に、森林地帯、無限の霧樹海まであるな。

「これっていつ頃の話なんですか？　捜索チームは出ているんですよね」

「いえ、1週間以上前になります……彼らは魔獣から身を隠すために『隠蔽（いんぺい）』の魔法を使っているらしく、『検索』の魔法に引っかからないのです」

「1週間も前なの⁉　分かりました。今すぐ助けに行きましょう」

ガタッと椅子から立ち上がる。

即答した僕に、キョトンとした顔で2人が顔を見合わせた。

「う、受けてくれるのか⁉　お前、あれほどクエストは受けないと言っていたじゃないか⁉」

「それとこれとは話が別ですよ。レヴィア、今すぐ出発して全員連れて帰るよ」

「っ……！　はい！　すぐに準備して来ます！」

第22話　新たなメイドさん

転移魔法でウルゴ団長たちを連れて、夜の火山にやってきた。

入団記念パーティーから抜け出してきた僕たちは、溶岩混じりの岩場には似合わない正装姿だ。

火山地帯の中でもレッドハーブのよく採れるこのスポットは、僕の庭みたいなものだ。

「この焼けた独特の匂いは……本当に火山に転移したようだ！　し、信じられん……」

「ドミニクさんは火山地帯に詳しいのですか？」

「うん。小さい頃からこの火山に、レッドハーブを採取しに来てたからね。そこそこ土地勘はあるよ」

エリシアス火山、標高５０００Ｍ。現在の高度は３０００Ｍってとこかな。

もう夜の闇に覆われて視界が悪いけど、昼の明るい内にくれば、そこの崖から向こうの絶景が見渡せる。

以前、この場所でレッドドラゴンに襲われたのが記憶に新しい……。

火山灰に埋もれた岩場の隙間には、赤色の薬草が何本も生えている。

この薬草は傷を治すポーションに変わるレッドハーブだ。

レッドハーブは耐熱性が非常に高く、火のエレメンタルを糧に成長するため、固まった溶岩や火山灰の岩場の近くに好んで生えている。

『光』の魔法でクエスト用紙を照らしながら、レヴィアが呟く。

「レッドドラゴンの住む魔の火山……こんな危険地帯でハーブを採取していたのですね」

「エリシアス地帯ならどこにいても竜族はいるからね。元々がそういう土地柄でしょ」

「ククッ、違いない！　エリシアスといえば、古代の遺跡と竜族だな。結界が張られる前に比べると竜族の数はかなり減ってしまったがな」

さて、いつまでも火山の話をしていても仕方ない。捜索を開始しよう。

レヴィアが持っている遭難者救出クエストの最初の用紙を確認してみる。

ルビーの鉱石採取クエストの最中に、グリフォンに乗った騎士団員4名が東部3000M付近の洞窟でレッドドラゴンと遭遇し2名が消息不明となった。

帰還した2名のうちの1人が、騎士団長のウルゴ団長か。

ルビーは魔力を込めるだけで熱を発生させ、保温効果もある。

火のエレメンタルが多い鉱石場ならどこでも採取可能だけど、特に火山地帯のルビーは質がいいんだとか。

養成学校を含む公共の施設などでも使われているので、騎士団がクエストを受けるのも当然か。

「この暗闇の中から遭難者を探す方法があるのですか？　彼らが『隠蔽』の魔法を使っている

とすれば、見つけだすのは至難の業ですよ」

「闇雲に探せば俺たちも遭難しかねないぞ」

「確かにね。でも、前に僕も似たような状況で失敗したから……今度はちゃんと手を考えてあるよ」

『隠蔽』の魔法は、何種類にも効果が枝分かれしている魔法だ。

もしも、遭難者が危険な魔獣との遭遇を防ぐために『隠蔽』の魔法を使っているとすれば、体内の魔力を外部に漏れなくする効果のあるものだろう。

魔力さえ抑えていれば、魔獣から感知される可能性は格段に低くなるからね。

「魔力を感知できなくても相手の位置を探れる魔法があるんだ。飛ぶよ、ついてきて」

「そ、そんな便利な魔法があるのですか！」

「お、俺は飛べんぞ……飛行魔法は苦手なんだ」

飛行魔法で夜空へ飛び上がると、レヴィアも後をついてくる。

ウルゴ団長は地上で待機だ。危険がないか岩場で見張ってもらう。

「レヴィア。遭難者が身につけていそうなものって分かるかな？」

「騎士の剣か……もしくは、この鋼の鎧を着ていると思われます」

鎧か……使えそうだな。

「その鎧の鷲（わし）のマークをこっちに向けてくれる？」

「鎧をですか？　一体何のために……？」

「物体の造形を照らし合わせる魔法があるんだ。本来の用途は違うものだけどね。遭難者が鎧を手放していなければ、きっと見つかるはずだよ」

ウルゴ団長とレヴィアが纏（まと）っている銀の鎧には、騎士団のトレードマークであるグリフォンが彫られている。

この特殊な鎧と同じものがこの火山にないか、センサーのような魔法で探す。

夜の火山に向けて魔法陣を描き、呪文を唱える。

「初級魔法（オリジナル）・『ソナー（音波）』」

ドーン！　と大太鼓を叩いた様な音がし、発生した『音波』が岩や木々の隙間をなぞっていく。

火山中に隙間なく広がっていく音波を介して、立体的な構造が僕の頭に詳細に流れ込んでくる。

この魔法は、樹海の一件から学んだ特殊な『検索』の魔法だ。

音波を放ち、ぶつけた対象物からの反響を魔力を介して受信し、物体の形や位置情報を正確に把握することができる。

本来の『検索』や『解析』の魔法とは違い、物体の魔力などは全く感知することができないので、事前に比較対象となる物体の形を用意しておく必要がある。

「反応有りだね……鷲のマーク入りの鎧を纏った騎士が、洞窟の奥で横たわってる」

「大変です！　は、早くいきましょう！」

「うん。ウルゴ団長を連れてすぐに転移するよ」

岩場に降りて、反応のあった場所へ転移すると、そこには小さな洞窟があった。

すぐさま中に突入し、ウルゴ団長が叫ぶ。

「誰かいるのかー！」

「……う、助けてくれ……」

……誰かいる！

声のする方をライトの魔法で照らすと、２人の騎士団員が横たわったまま衰弱状態に陥って いた。

「もう大丈夫ですよ！　これを飲んでください！」

すぐにエリクサーを飲ませると、あっという間に傷が治っていく。

薬に栄養や魔力を与える効果はないため、ウルゴ団長が持っていた携帯用の食料を２人に渡 す。

魔力はレヴィアが直接送り込んでいた。

「お、俺は生きてる……のか？　ウルゴ団長……」

「迎えにきてくれると信じてましたよ！」

「無事で何よりだ……お礼なら、そこにいるドミニクに言ってくれ」

助けた２名の団員に挨拶し、感謝の言葉を受け取った。

怪我をした体では下山できず、雨風をしのげる洞窟でずっと助けを待っていたらしい。

「一旦、王都へ戻りましょう。2人を帰還させたらすぐに出発します、休んでる暇はありませんよ！」

「はい！　行きましょうドミニクさん！」

それからは、ウルゴ団長と救出した騎士たちを本部に残し、レヴィアと2人で雪山、樹海と、同じ手順で行方不明者たちを探しだした。

総勢24名、無事に転移魔法で本部へと送り返した。


「鎧を魔法で感知しただと⁉　ぬはは、まさかウルゴ団長の教えがこんなところで役に立つとはな」

「騎士として常日頃から鎧を手放すな、か……たまたまだろ！　がはは」

もう時計は深夜2時を回っている。だけど、護衛の兵士と救出した一部の騎士たちが、まだバカ騒ぎをしている。

ほんっと元気だな！　まだまだ若い僕が一番疲れてるんだけど……。

家族のいる人たちは一目散に帰宅したんだけど、その他の遭難者たちは帰還後もろくに休まず、生還した喜びと武勇伝を語り合っていた。

「ドミニク、本当に大した男だなお前は……感謝してもし切れん！　後日、お前にはエドワード王子から勲章が授与されるであろう。誇りを持って受け取るがよい」

「いえ、ウルゴ団長もお疲れ様でした。僕は少し休みますね」

もう限界だ、本当に長い一日だった……いや、もう日付が変わってるか。

流石に目眩に見舞われ、本部の椅子に座ったまま、ガクンと眠りに誘われる。

「お疲れ様でした、あ、あの……ドミニクさん……お休みの前に、だ、大事なお話があるのです……」

「……ん？　……どうしたのレヴィア？」

レヴィアが真っ赤に染まった頬を両手で押さえ、もじもじと恥ずかしそうにしている。

「そ、その……ド、ドミニクさんは素敵な人です！」

「あ、ありがと……」

言ってしまった！　と、顔を押さえて挙動不審なレヴィア……まだ何か言いたそうだけど、今は非常に……眠……い……。

「私を……その……ドミニクさんの……って！　あれ⁉　起きてますか⁇　あのドミニクさん⁉」

体を揺さぶられるも、眠くてそれどころじゃない……どうせ古代魔法を教えろとかまたそんな話だろ。

「ふぁーあ、おやすみ……」

「は、話を聞いてくださいよぉ‼」

朝、目が覚めると何故かふかふかのベッドの上だった。

ここは研究室か？　確か昨日、救出クエストを終えてから騎士団本部に戻った後に睡魔に襲われ……て。

誰かが研究室まで運んでくれたのかな……？

ゆっくりと体を起こす。

「ふふぅ〜んっ」

台所から、鼻歌交じりで上機嫌に料理を作る音が聞こえる。

ルミネスか？　いや、机の下から猫の黒い尻尾がはみ出てる。じゃあ誰なんだ？

「あ！　おはようございますドミニクさん！　もう朝食の準備は完璧ですよ！」

満面の笑みを浮かべながら駆け寄ってきたのは、可愛らしいメイド服を着たレヴィアだった。

「レ、レヴィア？　その格好はどうしたの⁉」

「昨日言ったじゃないですか、今日から王宮調合師のメイドとしてここで働かせてもらいますって！」

キイテナイヨ⁇　トコトコとやってきたフィアが、レヴィアに甘えて身を擦り寄せる。

うへ、すっかり手懐けられてるぞ……。

「不束者ですが、これからよろしくお願いしますね！」

「え⁉　は、はい、こちらこそよろしく」

深々と頭を下げて微笑むレヴィアに不意を突かれ、ついつい頷いてしまった。

寝ぼけ眼のまま手を引っ張られ、朝日の差しこむテーブルへと連行される。

「ふふ。では、一緒に美味しいご飯を食べましょう！」

「お……美味しそうだ」

「でしょう～！　私がドミニクさんのために愛情を込めて作ったんですから！」

こうして、目まぐるしい王都での1日は今度こそ終わりを告げた。いや、始まったのか。

冒険者兼、騎士団員となってしまった僕には、これから前途多難なクエストが待ち受けていることだろう。

ハハ……もう、いつ僕の正体がバレたっておかしくないよな……。

まぁ、仮に王都でそうなったとしてもだ。僕がＳＳＳランクの冒険者だって秘密は、養成学校では絶対に守り通すけどね。

あとがき

こんにちは。厨二の冒険者です。

8月に本作の2巻が発売されてからはや半年、ついに『僕がSSSランクの冒険者なのは養成学校では秘密です3』が発売となりました！

この度は本作をお手に取っていただき、誠にありがとうございます。


今回のメインストーリーでは、ドミニクはルミネスの記憶を復活させる方法を養成学校で探りながら、新たな騒動に巻き込まれていきます。

その騒動となる王都騎士団編では、騎士団員のレヴィアが新たに登場します。

レヴィアは騎士団最年少でありながら、魔法部隊を指揮する天才魔法騎士です。

高速詠唱の使い手である彼女は、実は養成学校教員カルナの妹という裏設定があります。

本編では全く生かされていない＆明かされていないボツ設定も同然のものですが、自慢の高速詠唱を使ってあっけなくドミニクに敗れる姿は姉妹そっくりです。

その他にも鳥人間のファルコンや、人狼のウルゴなど個性的な仲間も登場します。彼らの協力があれば、ルミネスの記憶もきっと近い将来、戻ることでしょう。

そしてついに、彼のライバル、ギーシュ・プラネックス君との因縁に決着が付きます。ギーシュは空回りしながら嫌味を吐き散らすお坊ちゃま君キャラですが、プラネックスの名を使ってマウントを取ることに関しては決してブレない、間違った方向で男気のある奴です。

個人的にですが、「僕のパパはプラネックス家の〜」というギーシュのお馴染みのセリフは結構お気に入りです。残念な事に、彼のイラストは最後まで登場しないので、外見は皆様の想像にお任せします。

本巻の書下ろしとして、『部活対抗戦』を加筆させて頂きました。楽しんで頂ければ幸いです。

最後に、お世話になった出版社様、及び関係者の方々に感謝の言葉を申し上げます。

お世話になった担当編集様、魅力的で可愛らしいイラストを描いてくださったｊｉｍｍｙ様、出版社のみなさま、本当にありがとうございました。

二〇二〇年二月吉日　厨二の冒険者

この本を読んでのご意見・ご感想・ファンレターをお待ちしております。
〈宛先〉 〒104-8357 東京都中央区京橋 3-5-7
（株）主婦と生活社 PASH！編集部
「厨二の冒険者」係
※本書は「小説家になろう」（https://syosetu.com）に掲載されていたものを、改稿のうえ書籍化したものです。

僕がSSSランクの冒険者なのは養成学校では秘密です3

2020年3月9日 1刷発行

著者 厨二の冒険者
編集人 春名 衛
発行人 倉次辰男
発行所 株式会社主婦と生活社
〒104-8357 東京都中央区京橋 3-5-7
03-3563-2180（編集）
03-3563-5121（販売）
03-3563-5125（生産）
ホームページ https://www.shufu.co.jp
印刷所 大日本印刷株式会社
製本所 株式会社若林製本工場
イラスト jimmy
編集協力 デザイン 株式会社ウェッジホールディングス
編集 山口純平

 ISBN978-4-391-15454-2